Klaus Modick
Sunset

PIPER

Zu diesem Buch

Weltberühmt und wohlhabend, aber argwöhnisch beschattet von den Chargen der McCarthy-Ära, lebt Lion Feuchtwanger 1956 noch immer im kalifornischen Exil – der letzte der großen deutschen Emigranten. Als ihn an einem Augustmorgen die Nachricht vom plötzlichen Tod Bertolt Brechts erreicht, ist er tief erschüttert. Er hatte Brechts Genie entdeckt, hatte ihn gefördert, war ihm eng verbunden gewesen. In stummer Zwiesprache mit dem toten Freund ruft Feuchtwanger die Stationen dieser Freundschaft wach, ihren Beginn im München der Räterepublik, die literarischen Triumphe der Zwanzigerjahre, die Flucht und das Leben im Exil. Aus seinen Erinnerungen kristallisieren sich zugleich die Antriebsfedern des eigenen literarischen Schaffens heraus: die Trauer um die als Säugling verstorbene Tochter, seine Schuldgefühle und sein Ehrgeiz, die Traumata seiner Kindheit – und schließlich die Liebe und die Vergänglichkeit. Am Ende des Tages, als die Sonne im Stillen Ozean versinkt, ist der alte Feuchtwanger sich seiner Stärken und Schwächen hell bewusst und hat eine Bilanz des eigenen Lebens gezogen. »Zwei Männer, zwei Weltbilder, zwei weltberühmte Künstler: Klaus Modick hat ihre Beziehung in einem kleinen, aber feinen Buch herausgearbeitet.« Der Tagesspiegel

Klaus Modick, geboren 1951 in Oldenburg, hat seit seiner Promotion über Lion Feuchtwanger in vielen seiner Romane das Heikle des schriftstellerischen Schaffens erzählerisch behandelt. Für sein umfangreiches Werk wurde Klaus Modick mit zahlreichen Preisen ausgezeichnet. Er lebt in Oldenburg.

Klaus Modick

SUNSET

Roman

Piper München Zürich

Mehr über unsere Autoren und Bücher:
www.piper.de

Von Klaus Modick liegen bei Piper vor:
Der Kretische Gast
Bestseller
Der Schatten der Ideen
Sunset

MIX
Papier aus verantwortungsvollen Quellen
FSC® C083411

Ungekürzte Taschenbuchausgabe
Piper Verlag GmbH, München
1. Auflage August 2012
2. Auflage März 2013

Umschlaggestaltung: semper smile Werbeagentur GmbH, München
Umschlagmotiv: Hartmuth Schröder / istockphoto
Satz: Fotosatz Amann, Eichstätten
Gesetzt aus der Albertina
Papier: Munken Print von Arctic Paper Munkedals AB, Schweden
Druck und Bindung: CPI – Clausen & Bosse, Leck
Printed in Germany ISBN 978-3-492-27418-0

Gedenkt unsrer mit Nachsicht

Bertolt Brecht: *An die Nachgeborenen*

— 1 —

Zwischen Himmel und Meer gähnt der Morgennebel, zieht Strand und Uferstraße in seinen silbergrauen Schlund, scheint aber vor den Palmen zurückzuweichen. Die hageren Stämme recken sich wie Wesen aus mythischen Zeiten, archaische Wächter des Landes, die mit scharf gefiederten Lanzen dem Nebel Einhalt gebieten. Die Sonne, ein milchweißer Fleck im Osten erst, wird bald den Vorhang zerreißen, die Fetzen in Dunst auflösen und den Blick freigeben auf die Bühne des Meeres, das unwandelbare Schauspiel von Wasser, Licht und Luft.

Dann wird die Horizontlinie dort liegen, wohin jetzt die Fingerspitzen des Mannes weisen, der, die Arme waagerecht ausgestreckt, das Kreuz durchgedrückt, langsam in die Knie geht und sich aus der Beuge wieder in den Stand hebt. Lautlos beginnt er zu zählen. Nach der zehnten Kniebeuge erhöht er das Tempo, nach der zwanzigsten spürt er die Belastung in Muskulatur und

Gelenken, die gegen die Schwerkraft seines Körpers kämpfen, nach der dreißigsten atmet er heftiger wie bei einer Wanderung in dünner Höhenluft. Das ist der Sinn der Übung, und fünfzig Kniebeugen sind sein Pensum. Bei dreiunddreißig spürt er ein dünnes Stechen im Leib. Was ist das? Das hat er noch nie gespürt. Welches Organ sitzt an dieser Stelle? Nieren? Milz? Bei zweiundvierzig sticht es schärfer. Er ignoriert den Schmerz, erreicht schwer atmend die Fünfzig, schüttelt Arme und Beine aus. Bäuchlings legt er sich auf die Schilfmatte, atmet tief und ruhiger. Im Flechtmuster der Matte, ihrer schlichten Kunstfertigkeit, erkennt er etwas Vertrautes. Es hat mit seiner Arbeit zu tun. Es wird ihm wieder einfallen. Er wird die Worte finden.

Er beginnt mit den Liegestützen. Zählt, kämpft gegen die eigene Schwäche, gegen den Sumpf des Alterns, der von Tag zu Tag zäher wird. Und je zäher er an ihm zieht, desto öfter und greller kehrt das Entsetzen zurück, jene Panik des Kindes, das bei einer Wanderung im Sumpf stecken blieb, um Hilfe rief, wimmerte, bettelte, aber nur Spott und Hohn und schadenfrohes Gelächter zur Antwort bekam, während durch die düsteren Bäume des bayerischen Bergwalds, die den Sumpf säumten, schon die nasse Dämmerung sickerte und das Kind, das er war, sich nur aus eigener Kraft befreien konnte. Der Schock war ihm tief in die Knochen gefahren, hat sich im Gedächtnis der Glieder eingenistet und steigt ihm manchmal in schmerzlich scharf belichteten Bildern zu Kopf. Und zwischen den bauchigen, gedrungenen Säulen der Terrassenbalustrade scheint der Nebel schon eine Nuance heller.

Beim neunundzwanzigsten Liegestütz spürt er wieder das Stechen. Ob es zusammenhängt mit der üblen Prostatageschichte, die doch eigentlich als überwunden gilt? Überwunden freilich, wie der Chirurg verlegen grinsend erklärt hat, auf Kosten der sexuellen Potenz. Er zieht eine schmerzliche Grimasse. Zumindest seine Arbeitskraft ist ungebrochen. Oder doch nicht? Etwas fehlt seitdem. Seine Arbeitslust ist immer von Frauen befeuert worden, von ihrer Bewunderung, ihrer hingebungsvollen Begeisterung für sein Werk. Oder wenn nicht fürs Werk, dann immerhin für den Erfolg und den Ruhm. Erfolg und Ruhm haben ihn attraktiv gemacht, ausgerechnet ihn, den hässlichsten und kleinsten Juden Münchens. So hat er sich selbst bezeichnet, als er mit Marta eine der schönsten Frauen der Stadt eroberte. Auch damals war bereits Bewunderung im Spiel, denn wenn er auch hässlich und klein war, so war er zugleich klug, klüger als die meisten. Und bei der Arbeit war er zäh und fleißig, selbstbewusst und kraftvoll, und bei der Liebe war er es auch.

Das ist nun vorbei. Nur die Arbeit ist geblieben, und Ruhm und Erfolg sind immer noch gewachsen. Geblieben ist aber auch Marta, die von der Geliebten zur Gattin und Gefährtin wurde. Er hat ihre körperliche Schönheit bewundert und sehr begehrt, aber nach all den gemeinsamen Jahren nimmt er die körperlichen Reize kaum noch wahr. Er sieht nun einfach den Menschen, die Frau, mit der er lebt, und achtet nicht mehr auf ihre Hände und Augen, Beine und Brüste, als hätte ihr Körper seine Eigenheiten verloren. Das wird ihr ähnlich gehen mit ihm, da hat er keine Illusionen. Aber ihre

Liebe hat sich durch alle Stürme bewährt und hat immer noch, vielleicht mehr denn je, Hand und Fuß. Andere Hände und Füße mochten nach wie vor reizend sein, lockten aber nicht mehr.

Bauchmuskulatur, Schultern und Unterarme beginnen zu schmerzen, doch auch dieser Schmerz gehört zum Programm und wird sich bald in entspanntes Behagen auflösen wie Nebel unter der Sonne. *Per aspera ad astra.* Mit der Arbeit ist es auch so. Ohne die Kärrnerei der Recherchen, die manchmal ein Stochern im Nebel der Möglichkeiten sind, ohne die qualvolle, stammelnde Suche nach treffenden Worten und Sätzen beim Diktat, ohne die Zweifel bei den Korrekturen gibt es nicht das Glücksgefühl des vollendeten Werks, nicht den Gipfeltriumph auf bezwungenem Berg, nicht den süßen Geschmack des Erfolgs, nicht den Beifall der Welt. Und ohne Kniebeugen, Dehnübungen, Liegestütze, Läufe kein gesunder Körper, der klaren Geist beherbergt. Er zählt. *Mens sana.* Das Stechen. *In corpore sano.* Lebensweisheit? Oder frommer Wunsch? Als ob in seinem Unterleib Nadeln stecken. Haben die Ärzte ihm etwas verheimlicht?

Der Schmerz versickert, als er sich wieder auf der Matte ausstreckt. Er streicht mit den Händen über die grobe Schilftextur. Die Matte stammt aus Mexiko. Die Matten, auf denen er im Manuskript, das ihn im Arbeitszimmer erwartet, seine alten Hebräer ruhen und lieben, leiden und sterben lässt, dürften kaum anders gewesen sein. Durch die vom Nebel wattierte Morgenstille vernimmt er Stimmen, Gemurmel, Getuschel aus großer Ferne, geisterhaft, aber nicht irrational noch unerklärbar, hat doch eine neue Kraft Einzug ins Denken gehalten, die Zeit als Dimension des Raums. Bei ihrem letzten Treffen hat Einstein ihm mit viel Witz, Lust an der Spekulation und feinem Sinn für literarische Arbeit erklärt, dass die Vergangenheit nicht nur in Büchern, Gegenständen oder in der Erinnerung präsent sei, sondern auch in der Sphäre der Zeit und damit auch im schwer fixierbaren, unendlichen Raum. So gesehen ist es keineswegs ausgeschlossen, dass auf irgendeiner Wellenlänge der Sinnesempfindungen plötzlich aus der Vergangenheit die raue Stimme des Bandenführers Jefta und der Gesang seiner schönen Tochter Ja'ala ertönen. Warum nicht? Wenn man das Licht von Sternen fotografieren kann, von Sternen, die im All längst erloschen, deren Strahlung aber auf der Fotoplatte noch nachweisbar ist, warum soll man dann nicht auch in Geschehnisse vergangener Zeiten eintauchen können? Es hängt nur vom geeigneten Instrument ab. Sein Instrument ist die Einfühlung, das Medium der historische Roman und seine Voraussetzung die gründliche Recherche. So belebt er längst Vergangenes in seiner Imagination, macht Geschichte gegenwärtig. Er denkt an die Nachricht von Einsteins Tod, die ihn vor über einem Jahr erreicht hat, und lächelt schmerzlich. Der Preis des Alterns ist Einsamkeit. Er blinzelt in den Nebel, atmet tief ein und aus, bläst die Glut unter der Asche an.

Durch die offen stehende Terrassentür schrillt die Klingel oben am Tor. Er zuckt zusammen. Wer kann das sein? So früh am Morgen? Der Postbote kommt erst später, Besucher sind nicht angemeldet. Wieder schlägt die Klingel an. Bislang ist ihm nie aufgefallen, dass es ein widerliches Geräusch ist, bohrend, stechend fast wie dieser zuvor nie empfundene Schmerz. Man sollte eine andere Klingel installieren, eine mit freundlichem Ton, der nach Willkommen klingt, nach Heimat oder zumindest nach Zuflucht. Es klingelt ein drittes Mal, anhaltend jetzt, dringlich. Er wird selber öffnen müssen. Er ist allein im Haus. Marta ist gestern nach San Diego gefahren, zu einem Anwalt wegen der endlosen, quälenden Einbürgerungsgeschichte, und wird erst morgen zurückkommen. Und Hilde, die Sekretärin, hat sich eine Woche Urlaub genommen, um irgendeine familiäre Angelegenheit in New York zu regeln.

Er rappelt sich vom Boden auf, spürt schwachen, diffusen Schwindel, durchquert den riesigen Salon, in dem man, wie Alma Mahler-Werfel einmal bemerkt hat, Basketball spielen könnte. Nein, die Werfelsche hat das nicht gesagt, das war gar nicht ihr Humor. Vermutlich hätte sie nicht einmal gewusst, was Basketball ist. Wer hatte es also gesagt? Eisler vielleicht, der notorisch Angeheiterte? Ein kühler Luftzug schwallt durch den Raum. Er fröstelt. Irgendwo im Obergeschoss schlägt eine Tür.

Im Innenhof verblühen die Rosen in müder Üppigkeit. Fast sieht es so aus, als verbluteten sie. Wieder schrillt die Klingel, diesmal schon wie resignierend, doch bedrohlich klingt sie immer. Vielleicht steht da vorm Tor einer von der Einwanderungsbehörde, einer dieser überaus korrekten, unheimlich höflich lächelnden Herren im blauen oder grauen Anzug und eng geschnürter Krawatte, Herren, von denen man nie weiß, wer oder was sie eigentlich sind. Juristen? Bürokratische Sachbearbeiter des INS? FBI-Leute? Agenten der CIA? Er zögert. Vielleicht ist schließlich doch noch ein Kongressbote mit der Vorladung gekommen, vor der er sich seit über einem Jahrzehnt fürchtet? Am Fuß der Treppe, die steil vom Patio zum Tor aufsteigt, hält er inne. Gewiss, Präsident Eisenhower hat den Großinquisitor McCarthy inzwischen kaltgestellt, und scharfe Wadenbeißer wie Stripling sind sogar im Gefängnis gelandet. Aber fanatische Hetzer wie der Senator Nixon kochen immer noch ihr widerliches Süppchen auf der Flamme des Antikommunismus, versuchen ihre Paranoia zur Staatsdoktrin zu machen. Der Bote müsste ihm die Vorladung persönlich aushändigen, müsste ihn in einem archaischen Ritual mit dem Schriftstück berühren. Wenn er jetzt nicht öffnet, wird der Bote morgen wiederkommen. Oder übermorgen. Oder in einem Monat. Diese Gestalten kommen immer wieder. Vor solchen Boten gibt es kein Entkommen, keinen Ausweg, kein Versteck. Nur die Angst wird wachsen und ihm auf den Magen schlagen. Vielleicht ist sogar der merkwürdige, stechende Schmerz dieser Angst geschuldet? Dieser seit Jahren wie ein Krebsgeschwür wuchernden Angst. Sie wird ihn umbringen. Und vielleicht wird auch der letzte Bote eines Tages so kommen, wird sich höflich verbeugen, wenn er das tödliche Schriftstück überreicht. Aber davor fürchtet er sich nicht. Er wird die Nachricht bekommen, und das wird alles sein. Er wird vielleicht aufschauen, etwas zerstreut von der Arbeit und vom Leben, und wird einfach sagen: Ja, ja. Es muss sein. Einen Augenblick, etwas wollte ich noch. Diesen einen Satz noch, dies letzte Wort. Was war es noch gleich? Ach ja, leben. Aber dann ist es zu spät, und er muss gehen.

Er holt tief Luft, atmet den schweren Rosenduft ein. Schwerfällig und zögernd steigt er die Treppe hinauf. Auf der Straße, vorm schmiedeeisernen Gitterwerk des Tors, steht ein Mann in schwarzer, gelb geränderter Uniform, die schwarze Schirmmütze mit dem gelben Schriftzug »Western Union« lässig in den Nacken geschoben. Auf der anderen Straßenseite parkt ein schwarzer Lieferwagen, auf der Tür steht der gleiche Schriftzug. Ach, nur ein Telegramm. Er atmet auf. Oder eine Zahlungsanweisung, ausstehende Honorare. Was sonst? Er lächelt befreit, Geld macht selbstbewusst, unabhängig und frei, öffnet das Tor, erwidert den Gruß und das Kopfnicken des Boten, der ihm einen Umschlag entgegenstreckt.

»Telegramm für Mister, ähm, einen Mister Fu, ähm ...«, murmelt der Bote und scheitert beim Versuch, den für Amerikaner rätselhaft-unaussprechlichen Namen über die Lippen zu bringen, bereits an der ersten Silbe.

»Das ist okay«, sagt er nachsichtig, »das bin ich«, nimmt den Umschlag, will, um dem Mann ein Trinkgeld zu geben, eine Münze aus der Hosentasche ziehen – und erschrickt darüber, nur mit Shorts und Turnhemd bekleidet zu sein. Ein kleiner, schüchterner Junge in kurzer Hose mit hoffnungslos leeren Taschen. Und Englisch mangelhaft mit lächerlich bayerischem Akzent. Er spürt, wie die Röte über Stirn und Wangen aufblüht. »Entschuldigung, warten Sie bitte einen Moment«, murmelt er, «ich hole Ihnen schnell ein Trinkgeld.«

Hastig faltet er den Umschlag zusammen, schiebt ihn in die Tasche der Turnhose, läuft treppab, vorbei am Brunnen durch den Patio zurück ins Haus, treppauf in sein Schlafzimmer. Brille, Armbanduhr, Schlüssel und Portemonnaie liegen auf der Kommode. Er setzt sich die Brille auf, greift zur Börse, hastet treppab und treppauf zurück zum Tor, wo der Bote, der sich inzwischen eine Zigarette angesteckt hat, an der Mauer lehnt und Rauch in den sich lichtenden Nebel bläst. Das Münzfach des Portemonnaies ist leer. Natürlich, sie legen die Münzen ja immer in die kleine Schale in der Pantry, um Trink- und Wechselgeld griffbereit zu haben. Ein Dollarschein ist ein hohes, viel zu hohes Trinkgeld. Aber für Kleingeld erneut kehrtmachen und in die Pantry laufen? Das wäre überaus peinlich, und der Bote, der schon einen langen Blick auf die Geldscheine geworfen hat, würde womöglich sein Vorurteil vom Geiz der Reichen bestätigt finden, würde gewiss überall vom jüdischen Geiz des Emigranten in seinem prächtigen Schloss palavern. So beiläufig wie möglich zupft er eine Ein-Dollar-Note aus der Börse und drückt sie dem Boten in die Hand.

Der Mann zuckt zusammen, als habe er ein militärisches Kommando vernommen, zertritt hektisch die halb gerauchte Zigarette, schiebt sich die Schirmmütze aus dem Nacken auf die Stirn und stammelt: »Sir! Danke, Sir! Haben Sie vielen Dank.« Dann geht er, den Schein wie etwas Zerbrechliches in der Hand, mit drei, vier schnellen Schritten zu seinem Lieferwagen, öffnet die Tür und dreht sich noch einmal um. »Und einen schönen Tag!«

Der Hausherr lächelt verknittert hinter dicken Brillengläsern, nickt zerstreut vor sich hin. »Ja, ja, schon gut«, sagt er mit hoher, gequetschter Stimme, »Ihnen auch.«

Er hebt eine Hand zum Gruß und beobachtet, wie der

schwarze Wagen langsam bergab Richtung Sunset Boulevard rollt, bis er an der scharfen Linkskurve aus dem Blickfeld verschwindet und die blaugrauen Auspuffgase sich in treibenden Nebelschwaden auflösen. Noch ein paar Sekunden lauscht er dem verebbenden Motorengeräusch. Dann ist es sehr still, und anschwellendes Zikadengeschrei aus den Küstenbergen, über denen der Nebel zäh wie in Zeitlupe zerreißt, lässt die Stille noch tiefer erscheinen.

Er schlendert, gemächlich jetzt und beruhigt, durch Patio und Salon. Ja, Hanns Eisler hatte die Basketballbemerkung gemacht, nach etlichen Drinks, worauf Charlie Chaplin sein Cocktailglas mit beiden Händen so gehalten hatte, als wollte er es in einen imaginären Korb überm Kamin werfen. Die Bewegung war so echt, dass Marta seinen Arm festhielt, um den Wurf zu verhindern. »Endlich fallen Sie mir freiwillig in den Arm, Verehrteste«, sagte Chaplin und lächelte charmant.

Zurück auf der Terrasse, setzt er sich auf die steinerne Bank, faltet den Umschlag auseinander, reißt ihn auf, entnimmt ihm das Telegramm, rückt die Brille zurecht, liest.

»Nein«, sagt er laut in den Nebel hinaus, »aber nein!« Er schüttelt ungläubig, entgeistert den Kopf und hat Mühe, das Zittern seiner Hand zu unterdrücken, als er das Telegramm ein zweites Mal liest, langsam, Zeichen für Zeichen, Wort für Wort, als sei ihm beim ersten Blick etwas Wichtiges entgangen. Ein Widerruf. Eine Einschränkung. Oder ein Trost.

WESTERN UNION

TELEGRAM

AUG 16 PM 2 26
INTL FR=ZP BERLIN VIA WUCABLES 16 1929=
LEION FEUCHTWANGER P C B
520 PASEO MIRAMAR
325 PACIFIC PALISADES(CALIF)=

BERTOLT BRECHT GESTORBEN STOP BITTEN UM IHRE TEILNAHME AM STAATSAKT SONNABEND 18 AUGUST 11 UHR IM THEATER AM SCHIFF-BAUERDAMM=

DR HC JOHANNES R BECHER MINISTER FUER KULTUR=

Da ist kein Widerruf, ist kein Trost, nirgends, nicht einmal im Kleingedruckten am unteren Rand. THE COMPANY WILL APPRECIATE SUGGESTIONS FROM ITS PATRONS CONCERNING ITS SERVICE. Merkwürdig nur, dass hier nicht wie üblich sein Nachname, sondern sein Vorname falsch geschrieben ist. Leion. Wer hat diesmal den Fehler gemacht? Ein klassenbewusster Dummkopf, Arbeiter oder Bauer, aus Ostberlin? Oder eine hübsche, naive Miss aus Kalifornien? Bertolt Brecht ist richtig geschrieben. Aber Bertolt Brecht ist jetzt tot. Der war doch noch viel zu jung! Hat manchmal über Herzbeschwerden geklagt, ja, das schon. Hat auch nie Sport getrieben, hat nur davon geschwärmt, von Boxern und Rennfahrern. Hat sich milde amüsiert über seine Freiübungen und die strenge, von Marta verordnete und überwachte Diät. Hat aber immer dunkle Zigarren gequalmt und manchmal von ganz unten heraus gehustet.

Wann war er geboren? 99? Nein, 1898. Dann wäre er jetzt 58. Vierzehn Jahre jünger als er. Aber nicht gesünder. Man hat sich ja oft Sorgen um Brecht gemacht, besonders Marta. Brecht ist wohl auch ein bisschen verliebt in sie gewesen, nicht wahr? So wie alle, fast alle Männer, mit denen sie Umgang hatte. Und Brecht hat fast allen Frauen den Hof gemacht, mit denen er Umgang hatte, wie flüchtig auch immer. Aber Brecht und er sind, ach, *waren* ja Freunde. Und von den Frauen der Freunde lässt man die Finger, nicht wahr, wenn man die Freundschaft nicht aufs Spiel setzen will.

Sehr gute Freunde sind sie gewesen. Und Partner.

Manchmal ist Brecht ihm wie ein jüngerer Bruder vorgekommen. Und manchmal hat er sogar väterliche Gefühle für ihn gehegt. Das war vielleicht albern? Bei nur vierzehn Jahren Unterschied … Aber gestanden hat er ihm solche Gefühle natürlich nie. Brecht hätte ihn ja ausgelacht. Und schließlich hatte der selber Kinder, Töchter und Söhne und noch das eine oder andere uneheliche Balg dazu, während er selbst keine Kinder hat. Und weil er nie Vater geworden ist, nie *wirklich* Vater jedenfalls, weiß er im Grunde gar nicht, was väterliche Gefühle sind. Aber vielleicht ist genau das der Grund, warum solche Gefühle ihn manchmal heimsuchen? Heimsuchen, denkt er. Schönes, deutsches Wort. Ein Heim suchen. Merkwürdiges Wort, weil es das Gegenteil sagt. Nicht ein Heim suchen, sondern verfolgt werden. Verfolgte sind immer auf der Suche nach einem Heim. Auch Brecht war immer auf der Suche nach einem Zuhause, obwohl er sich lieber die Zunge abgebissen hätte, als es einzuräumen. So sentimental er sich manchmal fühlen mochte – ein sentimentales Wort ist dem nie über die Lippen gekommen und schon gar nicht aufs Papier. In dem Roman, an dem Feuchtwanger jetzt schreibt und dessen Manuskript oben im Arbeitszimmer auf ihn wartet, geht es auch um einen Vater und eine Tochter, wieder einmal. »Entschuldigen Sie, mein Lieber«, flüstert er, als spräche er zu einem Anwesenden, »ich weiß, wie zuwider Ihnen solche Psychologie ist.« *War.*

Ach, Brecht! War der denn so krank? Seinen letzten Brief hatte er zwar aus einem Krankenzimmer der Charité geschrieben, wegen einer Virusgrippe, aber da hatte er doch noch recht optimistisch geklungen. Von einer möglichen Inszenierung der *Simone* in Paris war die Rede. Und er hatte angefragt, wie es um Feuchtwangers Europatrip stünde. Aber so einfach ist das alles nicht. Weder hier noch dort. Weder jetzt noch damals.

Damals zum Beispiel, nach Kriegsende, wurde Feuchtwanger von der amerikanischen Nachrichtenagentur Associated Press gedrängt, über den Nürnberger Prozess zu schreiben; nicht als Journalist, Reporter waren zu Dutzenden dort, sondern als weltberühmter Autor und Antifaschist. Er lehnte ab.

»Ich kann so etwas nicht gut«, sagte er.

»Dann machen Sie es, so gut Sie es können«, sagte Brecht. »Sie sind der Einzige von uns, der aufgefordert wird.«

»Sie überschätzen den Prozess«, sagte er, »es wird nicht viel dabei herauskommen.«

Brecht war entschieden anderer Meinung. »Zum ersten Mal in der Geschichte steht eine Regierung wegen ihrer ungeheuerlichen Verbrechen vor Gericht.«

»Ich fürchte, es ist nicht ernst gemeint«, sagte Feuchtwanger leise.

»Gerade deswegen müssen Sie gehen, Feuchtwanger. Damit die Verbrechen dieser Regierung gegen ihr eigenes Volk auch erinnert und nicht zu Sensationsmeldungen in Zeitungen banalisiert werden.«

»Versuchen Sie doch bitte, meine Gründe zu verstehen. Ich stecke tief in meinem neuen Roman. Und außerdem –«

»Sie sind in einer Position«, unterbrach Brecht barsch, »wo man Sie, einzig und allein *Sie*, nicht etwa Thomas Mann, auffordert, die deutschen Antinazisten zu vertreten, ihnen Stimme zu geben. Sie haben jetzt nicht das Recht, Ihren Roman weiterzuschreiben. Erscheinen Sie auf dem Kampfplatz, auch wenn Sie stottern und schlottern.«

»Ach, ich bitte Sie. Sie wissen, es ist nicht Feigheit.«

»Ich weiß Schlimmeres«, sagte Brecht kühl. »Es ist Bequemlichkeit.«

Brecht hat gut reden gehabt, weil er nichts zu verlieren hatte. Vielleicht ist es aber doch Feigheit gewesen? Und Bequemlichkeit auch? Denn aus dem Land wird man ihn jederzeit hinauslassen, damals wie heute, mit oder ohne Presseausweis der AP. Hinaus lässt man ihn jederzeit, wäre vielleicht sogar froh, wenn er ginge. Die Frage ist nur, ob man ihn auch wieder hereinlässt, solange ihm die amerikanische Staatsangehörigkeit verweigert bleibt.

Die Einwanderungsbehörden machen Marta und ihm die Entscheidung leicht, aber das Leben schwer. Vielleicht ist der Wartesaal des Exils, in dem er nun seit einem Vierteljahrhundert sitzt, gar kein Wartesaal, sondern ein lebenslängliches Gefängnis? Ein Käfig, vergoldet vom Glücksversprechen Amerikas, komfortabel möbliert mit Weltruhm und einer Flut von Tantiemen?

Plötzlich versteht er auch die merkwürdige Bemerkung aus Brechts letztem Brief. Über Amselgesang, hatte er da geschrieben, über Amselgesang, der nach ihm käme, könne er sich freuen, und seit geraumer Zeit habe er keine Todesfurcht mehr, da ja nichts einem je fehlen könne, wenn man selber fehle. Aber Brecht wird *ihm* fehlen. Und auf dem Staatsakt morgen um 11 Uhr wird *er* fehlen. Wer einem heute ein Telegramm nach Los Angeles schickt, dass man morgen in Ostberlin erwartet werde, der will einen dort gar nicht sehen, der entledigt sich nur einer lästigen Pflicht. Jetzt spendiert Becher, der vom Dichter freiwillig zum Proletarier abgestiegen ist und sich vom Proletarier zum Doktor ehrenhalber und Staatsbürokraten gedienert und intrigiert hat, dem Brecht einen Staatsakt. Jetzt, da er tot ist und für immer das Maul halten wird. Ein Staatsakt ausgerechnet für Brecht, mit dem nie Staat zu machen war, nicht einmal in jener unausgegorenen ostdeutschen Republik, die sich demokratisch nennt.

Und seit wann genau ist Brecht tot und stumm und den Bechers dieser Welt ausgeliefert? Er starrt wieder das Telegramm an. Gestern, am 16. August 1956 um zwei Uhr sechsundzwanzig, ist es eingegangen, vermutlich in Santa Monica. Aber wenn es bereits gestern Nachmittag angekommen ist, warum wird es dann erst heute früh zugestellt? Kalifornische Schlampigkeit, die er mit dem viel zu hohen Trinkgeld auch noch belohnt hat? Oder ist die Zensur, der seine Post jahrelang unterworfen war, die seit einiger Zeit aber abgeschafft zu sein scheint, wie ein schlafender Hund vor diesem bloßen Namen aufgeschreckt? Bertolt Brecht. Gestorben. Staatsbegräbnis. Vor dem muss sich also niemand mehr fürchten. Höchstens noch vor seinem Werk. Ein rotes Schreckgespenst weniger für den sogenannten freien Westen. Allerdings ein Verlust für die Paranoiabrandstifter und Hysterieschürer. Ob von den Inquisitoren in den unauffälligen Anzügen sich überhaupt noch einer an ihn erinnert? Brecht? An den Namen vielleicht, der lässt sich, anders als seiner, leicht merken und noch leichter falsch aussprechen. »Breckt«, flüstert er tonlos. Sagt man hier. Sagte man. Als Brecht in Amerika ankam, kannte ihn niemand außer einer Handvoll Emigranten, und als er wieder abreiste, hatte sich wenig daran geändert. Lief, die Zigarre im Mund, durch Hollywood und ging den Filmleuten damit auf die Nerven, dass er ihnen etwas übers epische Theater vordozierte. Auf äußere Spannung käme es gar nicht an, die verdunkle nur die Botschaft. Die Filmleute lächelten höflich und dachten sich ihren Teil. Hat Charlie Chaplin verehrt und hätte sein letztes Hemd gegeben, um mit Chaplin zusammenarbeiten zu können, aber Chaplin war nie um eine Ausrede verlegen. Man nahm Brecht einfach nicht für voll. Hier hat er keine Spuren hinter sich verwischen müssen, weil er hier keine hinterlassen hat.

Erst als ihm der Mund trocken wird und ihm auffällt,

dass er noch nicht gefrühstückt hat, merkt Feuchtwanger, dass er halblaut vor sich hin spricht, fast so, als diktiere er seiner Sekretärin. Zu einem Toten sprechen? Zu einem Geist? Er verstummt, als schäme er sich vor sich selbst. Oder vor dem Toten. Man wird ihn früher oder später um Nachrufe auf Brecht angehen, die er dann diktieren wird, aber sie werden anders gedacht und gesprochen sein als sein halblautes Gestammel jetzt. Sie werden gut geschrieben sein, brillant, man wird sie überall drucken, aber ihnen wird auch etwas fehlen. Vielleicht das Entscheidende. Er weiß, was fehlen wird, kann es aber nicht in Worte fassen, weil es wie in Nebeln unter den Worten schwebt.

Ohne dass er es bemerkt hat, ist ihm das Telegramm aus den Fingern gerutscht und liegt neben seinen nackten Füßen auf dem Steinboden. Er bückt sich geistesabwesend, zerknüllt das Papier in einer Hand und streicht es mit der anderen wieder glatt. Hinter den kegelförmigen Streben der Balustrade spannt sich der Nebel. Wie ein Leichentuch. Die Form der Streben, hat Heinrich Mann einmal gesagt, erinnere ihn an die Damen im Schachspiel. Als Damen, hat Brecht erwidert, seien sie viel zu gedrungen – es seien vielmehr die Bauern, klein, stämmig, kraftvoll und zahlreich, auf denen die Balustrade der Herrschaften ruhe. Es gebe, hat Heinrich Mann da leise, fast zärtlich, gesagt, aber auch sehr reizvolle, stämmige Damen.

Er seufzt. »Armer Heinrich.« Der war nun auch schon seit sechs Jahren tot. War untröstlich gewesen, seit seine stämmige, versoffene Nelly sich das Leben genommen hatte. War matt, müde und sehr einsam geworden in seinem schäbigen Holzhäuschen an der Montana Avenue. Und als man ihn nach Ostberlin holen und zum Präsidenten der Akademie der Künste machen wollte, da war es dann zu spät. Er starb einfach so, wortlos, klaglos, an Altersschwäche, an seinem unstillbaren Heimweh nach Europa und am gebrochenen Herzen, weil er ohne Nelly lust- und hilflos war. Begraben in Santa Monica. Unter Palmen.

Und in Berlin wird man morgen Bertolt Brecht begraben. Mit Staatsakt für einen, der nicht gern war, wo er herkam, und nicht gern war, wo er hinfuhr, und da, wo er war und auf Weiterfahrt wartete, stets fehl am Platz gewesen ist. »Dann war das also der endgültige Abschied«, sagt er so leise, dass es fast nur ein Gedanke ist, der Abschied, den sie damals auf dieser Terrasse voneinander genommen haben. Zwar war es nicht das letzte Wort zwischen ihnen, aber doch das letzte gesprochene Wort, der letzte Blick, der letzte Händedruck und das letzte Winken aus Brechts Wagen, als er Richtung Sunset Boulevard verschwand. Und seine letzten Worte im letzten Brief haben noch einmal nach Feuchtwangers Europareise gefragt, von der, immer mal wieder, vage, zaudernd, die Rede gewesen ist. Aber diese Reise wird es nicht geben. Vorbei. Verweht. Nie wieder.

Wenn ihn noch einmal etwas nach Europa hätte locken können, dann wäre Brecht es gewesen, der Freund, der einzige Freund. Ein Streitgespräch mit ihm, Zusammenarbeit mit ihm, seine schrille Stimme, seine Paradoxien und Zoten, seine produktive Unlogik, seine entwendeten Ideen, seine Gerissenheit, seine bayerische Hinterfotzigkeit. Verstimmungen, gegenseitige

Beschimpfungen wegen eines einzigen Satzes, eines Worts, eines Kommas. Versöhnungen. Auch so ein Wort: Versöhnung. Gemeinsames Gelächter. Das alles fehlt ihm, wie einem Invaliden ein amputiertes Glied fehlt, fehlt, seit Brecht nach Europa zurückgekehrt ist. Und ist vorbei für immer. Es gibt keine Rückkehr mehr. Wohin denn auch? In das zerrissene Land voller Massenmörder, alter Nazis und rasender Mitläufer auf der einen Seite, voller fantasieloser Bonzen und zu Bonzen degenerierter Expressionisten auf der anderen? Nein, für ihn ist das Exil eine Reise ohne Wiederkehr. Denn was würde der Heimkehrende finden? Vielleicht ein Land, eine Stadt, eine Straßenecke, einen Hausflur, gewiss auch Erinnerungen – aber nie das, weswegen er heimgekehrt ist: das Damals. Die Jugend, in der alles offen war. Er wird hierbleiben, mit Blick auf den Stillen Ozean. Auch ihn wird man unter Palmen begraben. Als Staatenlosen. Ohne Staatsakt.

Obwohl die Temperatur steigt und der Nebel sich lichtet, liegt ein Frösteln in der Luft, als ob die Natur sich plötzlich erkältet hätte. Steifbeinig erhebt er sich von der Bank, reckt sich ächzend. Er ist allein. Er ist der Letzte.

— 2 —

Rumort das Wasser in der Leitung an diesem Morgen dumpfer als sonst? Es hört sich fern an, als steckten Pfropfen auf seinen Ohren. Das Spritzen und Rauschen der Dusche ist kaum wahrnehmbar, klingt nur noch wie eine matte Erinnerung an das alltägliche Geräusch. Um Wasser und Shampoo aus den Ohren fließen zu lassen, neigt er den Kopf nach links und rechts, wobei ihn ein Schwindelgefühl erfasst, als stehe er plötzlich wieder an Deck des in unruhiger Dünung schwankenden Schiffs, das ihn von Lissabon nach New York getragen hat; an die Reling gelehnt, hat er damals zurückgeschaut, bis der alte Kontinent im Abenddunst versank. Um nicht zu stürzen, umklammert er den Haltegriff an der Wand und dreht mit der anderen Hand den Wasserhahn zu. Das Rumoren erstirbt. Am Wannenboden strudelt das Wasser dem Abfluss entgegen. Er setzt sich vorsichtig auf den Wannenrand, nimmt ein Handtuch von der Stange, trocknet sich ab, stützt sich aufs Waschbecken, steht zögernd auf, misstraut seinem Körper.

Der Spiegel an der Badezimmertür ist an den Rändern vom Wasserdampf beschlagen, und ohne Brille ist sein Blick ohnehin verschwommen und trüb. Sein eigener Anblick befremdet ihn so, als irre er wieder durchs Spiegellabyrinth auf dem Münchner Oktoberfest, in dem er als Kind vor sich selbst erschrocken war, wenn er plötzlich zu einem rundlich gepressten Gnom und im nächsten Moment zu einer absurd in die Höhe schießenden Bohnenstange mutierte. Merkwürdig nur, dass er über seinen Körper so gut wie nichts weiß und auch die Erklärungen der Ärzte etwas Rätselhaftes behalten. Gewiss, Kreislaufschwächen und ein überempfindlicher Magen, gewiss, Prostatakrebs, aber was bedeutet das eigentlich? Was ist das genau? Zum Beispiel weiß er viel, fast alles, über die Lebensverhältnisse und Vorstellungen der alten Israeliten, die seinen neuen Roman bevölkern. Aber was in diesen Augenblicken in seiner Leber oder in seinen Nieren vorgeht oder woher das Schwindelgefühl unter der Dusche rührt, davon hat er keine Ahnung. Vielleicht ist der Mensch, der die Mächte des Atoms freigesetzt hat und sich anschickt, den Weltraum zu erobern, sich selbst gegenüber, den eigenen Eingeweiden gegenüber, immer noch feige, unvernünftig, blind? Vielleicht ist solche Feigheit nur die Angst vorm eigenen Verfall? Vielleicht ist es ja auch gut oder zumindest gnädig, wenn schwächer werdende Sehkraft dämpft, was der Spiegel zeigt. Die Symptome körperlicher, aber auch geistiger Abnutzung werden immer alltäglicher. Manchmal kommt es ihm so vor, als hätte er schon Erinnerungen an sich selbst.

Und auch die Muster, die das Kondenswasser über den Spiegel zieht, erinnern ihn an etwas halb Vergessenes. Etwas aus der Heimat. Eisblumen, denkt er. Das war es. »Eisblumen«, flüstert er, als müsse er das Wort schmecken, das Wort für eine Erscheinung, die es hier in Kalifornien gar nicht gibt und die es auch in den Jahren an der Côte d'Azur nicht gegeben hatte. Gibt es für Eisblume überhaupt ein englisches, ein französisches, ein Wort in anderen Sprachen? Russisch vielleicht oder Finnisch?

Die Eisblumen an den Fenstern der Münchner Wohnung, damals, in den dunklen, schweren Wintern Deutschlands, als es an allem fehlte, auch an Kohle für die Öfen, als er mit zwei Pullovern, Wintermantel und Schal am Schreibtisch saß und um einen Anfang rang. Die Worte sperrten sich, fanden nicht Takt noch Rhythmus. Er verzierte und verschachtelte, doch die Sätze blieben taub. Man konnte nicht willkürlich beginnen. Es brauchte etwas dazu, das von Absicht, Recherche und Wissen unabhängig war. Er blickte zum Fenster. Mit welcher Sorgfalt die Linien gezogen waren! Wie zart und doch kraftvoll aus Wasser und Frost. Die Eisblumen waren nicht geplant, nicht zweckmäßig und dennoch voller Fantasie, Harmonie der Linienführung und der Konstruktion. Er wusste nicht, wie, doch damals lernte er etwas von den Eisblumen und brachte mit klammen Fingern, aber gestochen klarer Handschrift *Jud Süß* zu Papier.

Er nimmt die Brille vom Waschtisch, setzt sie auf, greift zur Rasierseife und schlägt sie mit dem Pinsel schaumig.

Wie Schnee. Die hohe Palme vorm Badezimmerfenster fächelt in der leichten Brise vom Pazifik, und mitten im kalifornischen Sommer denkt er an Eisblumen und Schnee. »Es schneit«, sagt er leise, fast so leise wie Schneefall in der Abenddämmerung, und lauscht, ob die Worte Echos werfen. Auch sie klingen nach etwas Verlorenem, Unwiederbringlichem, nach Heimat und Kindheit. Die Worte sind wie ein Gefühl, auf das es keine Antwort gibt und das sich nicht analysieren lässt. Wie Glockenläuten an Sonntagvormittagen. Die Schneedecken im Englischen Garten. Die Schneeflocke auf der vom Frost geröteten Nase Martas. Der vor den Fenstern des Casinos von Garmisch fallende Schnee, wenn auf dem Spieltisch wieder einmal das letzte Honorar zerschmolz. Und dann jener Schneesturm, zwei, drei Tage lang, damals, im Winter 1918/19, im ersten Winter nach dem Krieg. Vielleicht ist das der Grund, warum er ausgerechnet heute an Eis und Schnee denkt, denken muss?

Die Züge blieben stecken. In den Straßen zwischen Schneeverwehungen Fuhrwerke und Automobile, eingefrorene, verreckte Vehikel. Die Gardine vorm undichten Fenster bewegte sich im eisigen Luftzug, und draußen wehte ein noch weißerer, dichterer Vorhang. An der Brandmauer des Nachbarhauses hatte der Schnee kahle Weinranken zu einer rätselhaften weißen Schrift an der Wand werden lassen. Der Schnee breitete seine Tücher über die Häuser und Höfe, über die zerfallene Ordnung und über den Aufruhr. Und vielleicht schneite es auch in Flandern über den Schlachtfeldern und Massengräbern. Sogar die Revolution hielt Winterschlaf.

Keine Schüsse, kein Maschinengewehrgeknatter, keine Aufmärsche und Kundgebungen, kein Geschrei, kein Mord. Die roten Räte hockten mit ihren Künstlerfreunden im warmen Wirtshaus, tranken Punsch oder Bier, aßen Weißwürste auf Kraut, rezitierten expressionistische Gedichte und träumten vom Paradies auf Erden, in das sie die neuen Menschen führen würden. Und die weißen Korps und Monarchisten hockten eine Straßenecke weiter in einer anderen Gaststube, tranken Glühwein oder Bier, aßen Schweinshaxen und überlegten, wie sich die alte Ordnung wiederherstellen ließe. Es herrschte Stille, eine weiß erstarrte Sauberkeit. Etwas ging zu Ende. Es musste ein Ende haben. Und etwas anderes begann. In der grau sinkenden Dämmerung strahlte der Schnee.

Er schrieb, dachte nach, hob die Augen vom Manuskript, trank einen Schluck Kamillentee, schrieb weiter, beobachtete das geisterhafte Flattern der Gardine, strich Geschriebenes aus, lauschte dem Knacken der Scheite im Ofen, der nicht genug Hitze entwickelte, um den Raum zu wärmen, schrieb mit schwarzer Tinte auf schneeweißes Papier. Das Manuskript des Dramas wuchs und wuchs und war als Stück schon viel zu lang. Die Strukturgesetze des Dramas empfand er als Zwang, als Knechtschaft. Akte, Szenen, Spannungsaufbau, Proportionen, Katharsis, alles schön und gut, bewährt und vollkommen. Er wusste Bescheid. Aber musste man nicht einen Schritt weiter gehen? Unabhängig von der Gattung schreiben, unabhängig vom Bescheidwissen, einfach so, wie ja auch Gedanken, Gefühle nicht an Formen gebunden waren? Ein dramatischer Roman wird das dann, dachte er, warum nicht?

Der Held hieß Thomas Wendt, und vielleicht würde das fertige Stück auch so heißen. Es konnte aber auch einfach Neunzehnhundertachtzehn heißen oder Toller oder Landauer, Eisner oder Mühsam – Schriftsteller, die glaubten, die sogenannte Revolution zu führen, aber mit ihrer Weltfremdheit zu ihrem Scheitern beitrugen, empfindsame Dichter, überzeugte Idealisten, spinnerte Theoretiker, untauglich zu realistischem Denken und politischem Handeln. Sie fühlten sich dem Volk verbunden, aber das Volk fühlte sich ihnen nicht verbunden.

Den verfaulten Geist in Trümmer zu schlagen, schrieb er, *war erst das vorletzte Ziel. Das letzte Ziel ist, alle die zu gewinnen, die guten Willens sind, Güte von Mensch zu Mensch, Glück für alle, das ist der Sinn unserer Revolution, der neuen Zeit, unserer Zeit.* Sätze so klamm und unbeweglich wie die Finger, die sie schrieben. Das war das peinliche Pathos jenes Traums, in dem jede Ordnung, jede Gebundenheit, die sich der angeblich anarcho-bohemistischen Natur des Menschen entgegenstellte, verwerflich war. An dieser Radikalität, die den fünften Schritt vorm ersten machen wollte und vor schmachtender Sehnsucht nach dem Ursein übersah, was wirklich vor sich ging, scheiterte die allzu gut gemeinte Revolution, kaum dass sie begonnen hatte, und war bereits gescheitert, bevor die Weißen sie in Blut ertränkten. Wohin man auch blickte, überall orgelte wie ein Generalbass ein O-Mensch-Rausch, der sich mit dem Elend der Realität nicht gemeinmachen wollte und auch nichts gemein hatte. Gemeinsamkeit, hatte schon Nietzsche bemerkt, macht gemein. Wer Revolution machen wollte, musste über Leichen gehen, wer seine Hände in Unschuld waschen wollte, wusch sie in Blut.

Er blätterte in seinen Notizen, suchte nach dem Goethe-Zitat, dass der Handelnde niemals Gewissen habe, sondern nur der Betrachtende, schrieb: *Ich habe geglaubt, Revolution sei: Menschlichkeit für alle, und jetzt soll ich die strafen, die Menschen sind, und den Verkommenen die Zügel lösen. Lasst mich. Ich will nicht mehr. Ich will ich sein, ich.* Auch das war peinlich pathetisch, überspannt, aber es war eine wahre Empfindung. Doch in Worte gefasst, missfiel sie ihm ebenso wie das O-Mensch-Gefasel. Vielleicht war es überhaupt ein Fehler, über das zu schreiben, was gerade vor sich ging. Vielleicht brauchte man mehr Distanz, mehr Vergangenheit, mehr Geschichte, um die Gegenwart zu begreifen. Er fröstelte, griff zur Tasse. Der Tee war kalt geworden. Über die dunkle Welt da draußen, über Schmutz, Gewalt und Mord, deckte der Schnee sein Leichentuch.

Die Schelle an der Wohnungstür schepperte blechern. Martas schnelle, energische Schritte auf den knarrenden Flurdielen, eine männliche, leicht heisere Stimme im kurzen Wortwechsel mit Marta. Sie öffnete die Tür zum Arbeitszimmer einen Spalt breit und steckte lächelnd den Kopf herein. »Da ist jemand für dich, Lion. Er sagt, es sei dringend, und lässt sich nicht abweisen.«

Vermutlich wieder ein Abgesandter der Räte, die versuchten, ihn für ihre Sache zu gewinnen. Was sie wollten, war ihm trotz aller Naivität, trotz aller hohlen Rhetorik nicht unsympathisch, sympathischer jedenfalls als die weggefegte Monarchie. Aber mitmachen? Mitmachen würde er nie. Wie konnte man mitmachen, wenn man sein Gewissen nicht aufgeben, sondern schreiben wollte?

»Soll reinkommen«, sagte er kühl und stand vom Schreibtisch auf.

Ein junger Mann trat ein und zog wie eine unsichtbare Sternschnuppe einen Schwall Kälte hinter sich her. Er war hager und schmächtig, trug auf Wangen und Kinn schmutzige Schatten eines Stoppelbarts, wirkte ungepflegt, übernächtigt und verwahrlost. Vielleicht ein Droschkenchauffeur? Der Kragen seiner viel zu weiten, abgewetzten Lederjacke war hochgeschlagen, und als er wie widerstrebend die Schiebermütze vom Kopf nahm, tropften nasse Schneereste auf die Fußbodendielen. Feuchtwanger sah ihm freundlich, auch neugierig ins Gesicht, aber der junge Mann hielt dem Blick nicht stand, sondern ließ seine dunklen Augen nervös durchs Zimmer gleiten. Er trat von einem Fuß auf den anderen, wollte offenbar etwas sagen, brachte aber kein Wort heraus.

»Was kann ich für Sie tun?«, sagte Feuchtwanger zuvorkommend.

»Mein Name ist Brecht«, grummelte der junge Mann mit schwäbischem Akzent. »Bertolt, das heißt Bert Brecht. Aus Augsburg. Ich …«, er zögerte, sah Feuchtwanger einen Moment durchdringend in die Augen, als suche oder prüfe er dort etwas, wandte den Blick aber gleich wieder ab und starrte den mit Manuskripten und Büchern überladenen Schreibtisch an. »Ich habe ein Stück geschrieben!«, platzte es plötzlich aus ihm heraus, als hätte er ein Verbrechen gestanden.

Feuchtwanger lächelte dünn, nicht abweisend, eher skeptisch. Kein fanatischer roter Rat also, sondern, schlimmer noch, ein verklemmter, aber hoffnungsfroher Jungdichter. Vermutlich einer von denen, die sich die Brust aufrissen, lang hinhallende pathetische Deklamationen aus ihrer Seele zerrten und mit Herzblut schlechte Verse schrieben, in denen sie beteuerten, der Staat und die sozialen Einrichtungen seien minderwertig, der Mensch hingegen gut.

»Und warum kommen Sie damit zu mir?«, fragte er, obwohl er die Antwort wusste, weil dieser merkwürdige Mensch nicht der erste Jüngling war, der mit seinen Herzergießungen bei ihm anklopfte, um protegiert zu werden. Weil ich Ihr Genie und Ihre Werke bewundere, Herr Doktor – so oder ähnlich verlogen würde die Antwort eingeleitet sein.

Doch Brechts Antwort war verblüffend anders. »Weil ein Stück, das nicht aufgeführt wird, nichts wert ist«, sagte er nämlich. »Und weil Sie Erfolg haben, in München einflussreich sind und über die notwendigen Beziehungen verfügen.«

Die freche Ehrlichkeit, so unverschämt sie sein mochte, nahm ihn sofort für den jungen Mann ein. Er wies mit der Hand auf den Sessel neben dem Ofen. »Dann nehmen Sie doch bitte Platz.«

Brecht schüttelte den Kopf. »Ich stehe lieber«, sagte er, öffnete die Lederjacke, zog ein zusammengerolltes Papierbündel hervor und gab es Feuchtwanger.

Er setzte sich auf den Schreibtischstuhl, öffnete das Band und strich das Bündel glatt. Handgeschrieben mit rotem Farbstift stand auf der ersten Seite der Titel *Spartakus*. Das Manuskript wimmelte zwar von Korrekturen, war jedoch mit Maschine getippt.

Feuchtwanger blickte auf. »Sie haben wohl eine Sekretärin, was?«, sagte er etwas spöttisch.

Brecht, der sich unruhig an den Wänden entlangdrückte, zuckte zusammen und errötete. »Ich nicht«, schnappte er, »aber mein Vater.«

Feuchtwanger nickte grinsend. »Ich verstehe.«

Brecht machte zwei Schritte auf ihn zu. »Gar nichts verstehen Sie! Damit Sie es gleich wissen!«, sagte er heftig, fast schreiend, als sei ihm die Sekretärin peinlich. Oder der Vater. »Das Stück habe ich ausschließlich des Geldes wegen verfasst!«

Wenn das stimmte, war es erfrischend ungewöhnlich, weil die anderen Jungdichter davon faselten, mit ihren Werken der Kunst dienen oder die Welt verbessern zu wollen oder beides auf einmal, und schnöde Begriffe wie Geld, Honorar und Tantieme nicht einmal in den Mund zu nehmen wagten.

»Werden Sie es lesen«, fragte Brecht, ruhiger jetzt und nahezu geschäftsmäßig, »und mir Ihre Meinung dazu sagen?«

In seinem eigenen Stück war Feuchtwanger endlich so weit vorgedrungen, dass aus dem Rinnsal der ersten Ansätze ein gleichmäßig fließender Strom geworden war, und er überlegte einen Moment. Im Interesse seiner Arbeit musste er diesen merkwürdigen Menschen eigentlich abwimmeln, aber die Mischung aus dreistem Selbstbewusstsein und jungenhafter Verklemmtheit, die der Mann ausstrahlte, zog ihn an. Auch der Titel des Stücks klang vielversprechend – *Spartakus*. Das war die unmittelbare Gegenwart der Revolution und hatte zugleich ein historisches Unterfutter. Er sah ihn freundlich an, und diesmal hielt Brecht dem Blick stand. In seinen Augen lag etwas Wildes, Herausforderndes, Gieriges.

»Wenn Sie eine Sekretärin haben«, sagte Feuchtwanger, »haben Sie vielleicht auch einen Telefonanschluss? Ich rufe Sie an, sobald ich das Stück gelesen habe.«

Nachdem Brecht sich verabschiedet hatte und in der Nacht verschwand, die ihn hereingeschneit hatte, kam Marta ins Arbeitszimmer, trat an den Schreibtischstuhl heran, legte ihm die Hände auf die Schultern, massierte ihm den Nacken und warf dabei einen Blick auf das Manuskript mit dem leuchtend roten Titel. »Wer war das?«, fragte sie.

»Ein Dichter«, sagte er.

»Ein Möchtegern?«

»Ein richtiger, echter.«

»Woher weißt du das?«

»Man kann es spüren«, sagte er und drehte sich zu ihr um. »Wie hat er auf *dich* gewirkt?«

»Wild«, sagte sie, ohne zu zögern.

Er nickte. Wild war das richtige Wort. Schneereste, die sich aus Brechts Schuhsohlen gelöst hatten, bildeten auf den Fußbodendielen schwarze Tümpel aus Schmelzwasser.

Schmelzwasser, denkt er, noch so ein Wort, so ein verlorenes Wort. Auch auf den handbemalten spanischen Fliesen schimmert eine Wasserlache. Er hält immer noch den Rasierpinsel in der Hand und streicht sich jetzt den Schaum ins Gesicht. Unter der weichen, weißen Masse verschwinden die schweren Falten und Runzeln, die das Alter in seine Haut gegraben hat, die Linien, mit denen das Leben zeichnet. Und hinter oder unter dieser Zeichnung lauert bereits die unsichtbare Hand, die den Schlussstrich ziehen wird. Brecht hat immer ein ziemlich glattes Gesicht gehabt, nur dass später die Wangen etwas fleischiger wurden. Und glatt rasiert ist er nur selten gewesen. Für eine Weile wachsen den Toten noch Haare und Nägel. Für wie lange? Er beugt sich dicht an den Spiegel heran, bis seine Nase beinah das Glas berührt, greift zum Rasierer und zieht vorsichtig eine erste Bahn vom Adamsapfel zur Kinnspitze.

Das Stück *Spartakus* las er noch am gleichen Abend. Er verschlang es. Es war eine schmissige, dramatische Ballade von einem Soldaten, der aus dem Krieg nach Haus kommt, sein Mädchen von einem anderen geschwängert findet, in den Kneipen und Straßen die Proletarier zur Revolution aufhetzt. Als das Mädchen sich ihm wieder zuwendet, lässt der Soldat die Revolution Revolution sein. Er hat jetzt, was er will, er ist satt, und Revolution ist eine Sache für Hungrige. Er geht mit seinem Mädchen nach Haus, wo ein breites, weißes Bett bereit ist – weiß wie ein unbeschriebenes Blatt Papier. Schneeweiß. Das kam erfrischend unliterarisch daher, unprätentiös, unsentimental. Die Figuren sprachen eine kräftige, farbige Sprache, nicht aus Büchern zusammengelesen, sondern dem Maul des Volks abgelauscht. Ohne Pathos, authentisch und echt, viel echter, das räumte er nicht ganz neidlos ein, als die Sprache in seinem *Thomas Wendt*. Als er zu Marta ins Bett kam, war er ganz benommen. »Ich habe eine Entdeckung gemacht«, sagte er.

Am nächsten Morgen rief er Brecht an. Warum er ihn

denn angelogen habe? Dies Stück habe er doch nicht aus Not geschrieben, nie und nimmer nur des Geldes wegen.

Brecht begehrte auf, wurde laut und heftig, argumentierte dialektisch bis zur Unverständlichkeit. Gewiss habe er das Stück ausschließlich des Geldes wegen verfasst. Und wenn Feuchtwanger ihm das nicht glaube, könne er ihn mal kreuzweise! Er habe aber noch ein anderes Stück in der Schublade. Das sei wirklich gut, denn das habe er der Weiber wegen verfasst. Und ob er ihm das bringen könne?

Er brachte es noch am gleichen Tag. Es hieß *Baal*, hatte aber nichts mit dem alten Gott zu tun, sondern war eine wüste, vor Vitalität strotzende Sache. Schreckte vor keiner Derbheit zurück und nicht vor letztem Realismus. War ein wunderliches Gemisch von Zartheit und Rücksichtslosigkeit, von Lebensgier und Lebensverachtung, von Plumpheit und Eleganz, von Verbohrtheit und Logik, von Geschrei und leiser Musikalität. War wie der Kerl selbst.

Er ist unkonzentriert, macht eine zu rasche Bewegung, schneidet sich in die Wange. Ein blutiges Rinnsal tropft durch die Schneelandschaft des Rasierschaums. In *Baal* gab es doch auch dies Lied? Diesen maßlosen Choral? Eine Strophe kommt ihm in den Sinn. Dass er die noch weiß! Ausgerechnet diese.

Und wenn Baal der dunkle Schoß hinunterzieht:
Was ist Welt für Baal noch? Baal ist satt.
So viel Himmel hat Baal unterm Lid
Dass er tot noch grad gnug Himmel hat.

Die Verse könnte man Brecht glatt in den Grabstein meißeln. Aber das werden die sauberen Genossen, die immer noch Hymnen auf Stalin dichten, zu verhindern wissen. Hat Brecht denn genug gelebt? »Sind Sie satt geworden?«, fragt er den Toten. Ein Staatsbegräbnis macht ja nur diejenigen satt, die es zelebrieren, die Bechers und Konsorten. Merkwürdig, dass es in seinem Roman über Jefta, der nebenan im Arbeitszimmer auf ihn wartet, auch um Baale geht, um jene Götzen, die der Gott Israels besiegt. Brechts *Baal* hat nichts damit zu tun. Oder doch? Vielleicht ist das ein Händeschütteln im Geiste? *Baal* war Brechts erstes Werk. Vielleicht wird der Baalbezwinger Jefta Feuchtwangers letztes?

Nachdem er *Baal* gelesen hatte, sagte er zu Marta: »Der Mann ist ein Genie.«

Marta lachte. »Du hasst doch diese sogenannten Genies«, sagte sie.

Er lachte auch. »Er ist aber nicht sogenannt. Er ist es wirklich.«

Sie küsste ihn. »Für mich bist du das einzige Genie.«

»Nein«, sagte er, »das bin ich nicht. Ich weiß nur, wie man es richtig anpackt.«

»Wie man was anpackt?«, fragte sie etwas kokett. »Das Schreiben?«

Er schmunzelte. »Das auch, aber auch das andere. Komm ins Bett.«

Mit dem Schnee jenes Winters schmolzen auch die Illusionen der Räteregierung dahin. Die Stadt wurde von weißen Truppen besetzt. Bei den Intellektuellen und Künstlern, die mit den Räten kooperiert oder sympathisiert hatten, und das waren fast alle, wurden die Häuser durchsucht. Schwer bewaffnet mit Karabinern, Revolvern und Handgranaten, schaffte sich eine Gruppe Soldaten Zutritt zu Feuchtwangers Wohnung in der Georgenstraße. Mit vorgehaltenem Revolver zwangen sie ihn, Schränke und Schreibtisch zu öffnen. Obenauf in der Schublade lag das Manuskript *Spartakus*. In jenen Tagen saßen die Kugeln sehr locker in den Läufen, die Zahl der Getöteten und Ermordeten ging hoch in die Hunderte.

Der Leutnant, der die Gruppe kommandierte, griff zum Manuskript und blätterte darin, ohne die Lederhandschuhe auszuziehen. Er zog die Augenbrauen hoch. »Sieh an, Agitationsmaterial«, sagte er lustlos und sachlich und reichte es einem seiner Leute. »Konfisziert. Weitersuchen.«

Noch ein paar Zentimeter kleiner als sonst, leichenblass und bebend, stammelte Feuchtwanger, es sei lediglich ein Drama, ein Theaterstück. Der Leutnant hörte gar nicht zu, sondern durchwühlte weiter die Schreibtischschublade.

Einer der Soldaten, fast ein Junge noch, schlaksig, mit rosigen Wangen, blickte staunend durch seine Nickelbrille. »Sind Sie womöglich der Dichter Feuchtwanger?«, fragte er mit rheinischem Akzent.

Feuchtwanger nickte heftig.

»Ich habe eins Ihrer Stücke gesehen«, sagte der Soldat, »das mit diesem indischen Gouverneur am Düsseldorfer Schauspielhaus. Eigentlich bin ich nämlich Student, müssen Sie wissen.«

Feuchtwanger atmete auf. »Warren Hastings, Gouverneur von Indien«, sagte er. Vielleicht war dieser junge Soldat sein Lebensretter?

Der Student nickte begeistert. »Wie heißt das noch gleich am Schluss? Das mit den schmutzigen Taten und so weiter?«

»Dass ich die Hände reglos halten dürfte«, zitierte Feuchtwanger mit quäkender Stimme sich selbst, »und frei vom Schmutz des Tuns.«

»Schnauze!«, bellte der Leutnant. »Wovon reden Sie eigentlich, Mann?«

Feuchtwanger erschrak und wurde noch bleicher.

Der studierte, literarisch versierte Soldat schlug die Hacken zusammen. »Herr Leutnant, das ist kein Agitationsmaterial, sondern ein Theaterstück. Ich kann Ihnen versichern, dass dieser Mann kein Revolutionär ist. Er ist Dichter. Und Buddhist.«

Der Leutnant, der ohnehin nicht recht zu glauben schien, es mit einem anarchistischen Umstürzler zu tun zu haben, ließ sich das Manuskript zurückgeben, warf noch einmal einen Blick auf den Titel und sagte: »Spartakisten sind doch keine Buddhisten, oder?«

»Spartakus war ein Gladiator«, sagte Feuchtwanger. »Im alten Rom.«

»In Latein war ich nie gut«, sagte der Leutnant und drückte ihm das Manuskript in die Hand. »Dann nichts für ungut, Herr Doktor.«

Er holte ein Exemplar der Druckfassung von *Warren Hastings* aus dem Regal, signierte es und schenkte es dem Düsseldorfer Studenten, der sich vor Glück kaum fassen konnte. Dann zog die Abteilung mürrisch ab und polterte die Treppe hinunter, um Schwabing von echten Spartakisten zu säubern.

Später, als dank seiner Hartnäckigkeit und guten Beziehungen *Spartakus* an den Münchner Kammerspielen inszeniert wurde, redete er auf Brecht ein, den Titel zu ändern. *Spartakus*, meinte er, könne zu Missverständnissen führen. Brecht weigerte sich, beschimpfte ihn als Memme und feigen Philister. Erst als Marta den Vorschlag machte, das Stück *Trommeln in der Nacht* zu nennen, gab Brecht klein bei. »Aber nur, weil Sie es sind, Verehrteste.«

»Und weil es besser klingt«, sagte Feuchtwanger.

Während er sich den Bart schabt, kommt sein Gesicht unterm Rasierschaum zum Vorschein, als wische er eine Totenmaske fort. Die Erinnerung an den Düsseldorfer Studenten lässt ihn schmunzeln. Der hat ihn für einen Buddhisten gehalten, während der Leutnant in ihm einen Spartakisten sah. So ist es eigentlich immer gewesen, und so ist es immer noch. Stalinist, argwöhnen die einen, Kapitalistenknecht, schimpfen die anderen. Aber im Grunde war er stets ein Epikuräer und Bürger und ist es noch. Selbst Brecht ist immer ein Bürger geblieben, da mochte er sich noch so revolutionär und proletarisch gebärden. Vielleicht ist der Kommunismus nur ein großer Irrtum des Jahrhunderts und der Faschismus der katastrophale Exzess – aber der wahre Feind ist immer seine eigene Klasse gewesen, das ins nationale Kostüm verkleidete, heuchlerische, habgierige Bürgertum. Die Klasse, zu der er gehört oder gehörte, hat ihre Kontur verloren. Wohin soll er sich wenden?

Zuflucht ist nur noch in der Arbeit, der stummen Verbannung, der Exterritorialität des weißen Papiers, der selbst erschaffenen Heimat. Im Westen hält man ihn für einen unbelehrbaren Stalinisten, seitdem er, leider, den saudummen Fehler mit dem Moskaubuch gemacht hat. Im Osten hat ihn eine Schranze Bechers erst neulich als Steigbügelhalter des amerikanischen Imperialismus bezeichnet, weil er einen Roman *Waffen für Amerika* genannt hat. Nun hat der Roman gleich zwei Titel, weil er für den östlichen Markt *Die Füchse im Weinberg* heißt. Man muss eben kompromissbereit und flexibel und listig sein. Auch das ist eins der Geheimnisse seines Erfolgs. Und dennoch beschimpft ihn die eine Seite als Zersetzer und Asphaltliteraten und boykottiert seine Bücher, und auf der anderen Seite verhöhnen ihn manche als bürgerlichen Bohemien oder Ersatzklassiker. Und weil ihm beide Seiten den Welterfolg neiden, halten ihn alle für einen Großindustriellen der Literatur. Da sind sie wieder, die Zerrspiegel vom Oktoberfest. Man muss es aushalten, denn am Ende ist man wohl nicht nur derjenige, der man war und ist und sein wollte, sondern auch derjenige, den die anderen sehen.

Der Rasierschaum erinnert ihn an die Vaselinecreme, mit der sich Theaterschauspieler abschminken. Auch das Talent eines Schriftstellers ist wie Schminke, unter der in Falten und Runzeln das Werk liegt. Er wischt sich die Schaumreste ab, bringt sein Gesicht wieder dicht an den Spiegel, zieht eine Grimasse und mustert sich mit stirnrunzelnder Skepsis. So wie die tägliche Gymnastik ist auch jede morgendliche Rasur ein Kampf gegen Alter, Verfall und Tod. Eine Sisyphusarbeit. Doch nur das Ende ist fatal. Diese Unabwendbarkeit hat nun also Brecht eingeholt. Viel zu früh. Der Brecht war fast immer schlecht rasiert, nicht nur als junger Mann. Der hat aber auch fast nie die Schminke des Talents aufgelegt. Bei dem war von Anfang an das Werk sichtbar. Dafür hat Feuchtwanger ihn geliebt, und darum hat er ihn beneidet.

Er blinzelt kurzsichtig in den Spiegel. Gut ausgesehen hat er nie. In der Schule haben sie ihn als Affenvisage verhöhnt. Später hat jemand gesagt, er habe das Gesicht einer Schildkröte. Marta immerhin liebt Schildkröten. Brecht, das hat man ihm zugetragen, soll ihn einmal als alte Eule bezeichnet haben, aber das hat ihm sehr gefallen, weil die Eule der Vogel der Weisheit ist. Und wie sieht er jetzt aus, nachdem 72 Jahre sein Gesicht berannt haben? Er erinnert sich daran, dass der große amerikanische Präsident Lincoln gesagt haben soll, ab 40 sei jeder Mensch selbst für sein Gesicht verantwortlich. Der Mensch ist nicht der, als der er geboren wird, sondern der, der aus ihm wird. Aber irgendwann ist man für sein Gesicht nicht mehr verantwortlich, weil Kräfte ins Spiel kommen, die Persönlichkeit und Bewusstsein nicht mehr beherrschen. Die Schwerkraft zum Beispiel, die früher oder später jeden zurück in den Staub zieht, aus dem man gemacht ist. Dann hat man ein endgültiges Gesicht. Kindlich, erwachsen und alt zugleich. Und man kann es festhalten, indem man sein Fleisch zu Worten werden lässt.

Er weiß jetzt, wie er aussieht. Nackt geht er ins Schlafzimmer, setzt sich die Brille auf, greift auf dem Nachttisch neben dem Bett zu Stift und Notizbuch, kritzelt in Kurzschrift hinein. *Es war in all seiner Härte ein müdes*

Gesicht. Das Fleisch war eingeschrumpft, der knochige Grundbau, der Schädel des toten Jefta, arbeitete sich durch das Gesicht des lebendigen. Er hält inne, überlegt, schreibt weiter. *Der Mann hatte mit seinem Gotte gekämpft, er war erschöpft, er wollte den Kampf aufgeben; aber er kam nicht los von Jahwe.* Er zögert, sucht Worte, notiert zittrig: *Und was war Jahwe, wenn nicht das Wort gewordene Fleisch. Du kannst nie quitt werden mit dem Gott. Du bist ein Teil von ihm.* Aber der junge Jefta, denkt er, der hatte das Gesicht eines Löwen. Eines Lions Gesicht. Er lächelt über sich selbst und notiert noch ein einzelnes Wort. *Eisblume.*

— 3 —

Im Ankleidezimmer ist die Tapetentür zu Martas Schlafzimmer nur angelehnt. Die mexikanische Putzfrau muss vergessen haben, sie zu schließen. Er selbst ist schon lange nicht mehr hindurchgegangen, obwohl ihm Martas Altersschönheit zuweilen überzeugender vorkommt als die erblühende Schönheit ihrer Jugend in den Münchner Tagen und die triumphale Fraulichkeit der Zeit in Berlin und in Sanary-sur-Mer. Aber seit der Prostataoperation ist Sex für ihn nur noch Erinnerung und Fantasie. In seinen Büchern herrschen immer noch Lust und Liebe als Antriebsachse, um die sich die Weltgeschichte dreht, aber sich kraftlos zu seiner Frau zu legen, wäre das Eingeständnis einer Niederlage, die solche letzten Sehnsüchte nur noch schmerzlicher machen würde. Die Leidenschaft ist vergangen, die hochtrabenden Erregungen sind wie Flüsse ins Meer gelaufen, verdunstet mit den Jahren.

Er schließt die Tapetentür und zieht sich an. Ein weißes,

kurzärmeliges Hemd und den leichten Leinenanzug. Eine Krawatte braucht er heute nicht. Niemand wird kommen außer dem Postboten, der ihm täglich die Flut der Leserzuschriften, der Kollegenkorrespondenz, der Bettelbriefe und der Schecks ins Haus liefert – die Begeisterung der Welt. Und wenn doch noch einmal die grauen Herren der Behörden kommen sollten? Es würgt ihn, er hustet. Nein, keine Krawatte. Als er sich bückt, um die Schuhe anzuziehen, spürt er wieder das Stechen im Leib. Es sind hellbraune Wildlederslipper mit einer dicken Kreppsohle, die ihn zwei, drei Zentimeter größer machen.

»Good to have you guys here.« Das hatte damals der Ladenbesitzer gesagt. 1941 war das, gleich nach ihrer Ankunft in Los Angeles. Sie waren in Santa Monica am Wilshire Boulevard, Ecke Third Street, in ein Konfektionsgeschäft für Herren gegangen, und er hatte zwei Anzüge, Hemden, Unterwäsche, Socken und Schuhe mit dicker Kreppsohle gekauft. Man war dann ins Plaudern geraten, so gut man denn mit seinem primitiven Englisch plaudern konnte, und es stellte sich heraus, dass der Ladenbesitzer Bücher von ihm in englischer Übersetzung gelesen hatte. Der Mann stammte von galizischen Juden ab, die Ende des 19. Jahrhunderts nach Amerika ausgewandert waren und in Kalifornien ihr Glück gemacht hatten.

Er geriet völlig aus dem Häuschen, als sich herausstellte, dass der von ihm verehrte Schriftsteller Lion Feuchtwanger, von dem er zwei oder drei Bücher zu Hause im Regal stehen hatte, sich in seinem Geschäft neu einkleidete. Und vermutlich wunderte er sich auch ein bisschen darüber, dass der große Mann im wirklichen Leben ziemlich klein war, und empfahl ihm, doch einmal in diese wunderbar bequemen Wildlederschuhe mit Kreppsohle zu schlüpfen. Mit den dicken Sohlen unterm Fuß fühlte der Weltberühmte sich bestens beraten. Der Ladenbesitzer bot schließlich noch wässrigen Kaffee an, den Feuchtwanger wegen seines empfindlichen Magens dankend ablehnen musste, aber Marta trank eine Tasse.

Und als man sich dann, mit Einkaufstüten bepackt, verabschiedete und das Geschäft verließ, rief ihnen der Besitzer nach: »Good to have you guys here!«

Feuchtwanger verstand den Satz gar nicht und fragte Marta.

»Ich glaube«, sagte sie, »er hat gesagt, dass er sich freut, dass wir hier sind.«

Das konnte man so oder so verstehen. Die Freude mochte sich aufs gute Geschäft und neue, zahlungskräftige Kundschaft beziehen. Sie konnte aber auch ein Willkommensgruß des ganz alltäglichen Amerika an zwei endlich Gerettete sein. Wahrscheinlich war beides der Fall. Geschäft und Kultur, Geld und Geist schlossen sich hier nicht aus. Marta und ihm gefiel von Anfang an, was Brecht stets in ohnmächtige Wut versetzte und zu wüsten Tiraden provozierte.

»Die Schuhe stehen dir gut«, sagte Marta und gab ihm einen Kuss, bevor sie ins Auto stiegen.

Er setzt die Brille auf, geht nach unten in die Küche und sucht nach dem Zettel, auf dem Marta ihm einen Essensplan und ihre Hoteladresse mit Telefonnummer in San

Diego notiert hat. Wo hat er den Zettel abgelegt? Gestern Abend hat er ihn noch in der Hand gehabt. Es kommt jetzt häufiger vor, dass er sich an Dinge, die er eben erst gedacht oder getan hat, nicht sofort erinnern kann, während länger zurückliegende Ereignisse in der Erinnerung eine Klarheit gewinnen, die sie früher nicht hatten. Vielleicht, denkt er, sind das gute Voraussetzungen, um Memoiren zu schreiben, aber für Memoiren ist es viel zu früh, der Friedhof seiner eigenen Vergangenheit interessiert ihn noch nicht, und außerdem hat er noch Pläne für mindestens sieben Romane. Erst einmal den Jefta zu Ende bringen und dann den Simon Bolivar anpacken. Aber wohin, zum Teufel, hat er den Zettel verlegt? Ist das nur Zerstreutheit? Oder weil ihm der Tote durch den Kopf spukt, lebendiger denn je? Als er gestern den Zettel abgelegt hat, ist Brecht ihm auch in den Sinn gekommen. Warum eigentlich? Ah, natürlich! Der Zettel liegt im Anrichtezimmer; manche sagen auch Vorküche zu dem Raum, den man auf Englisch Butler's Pantry nennt. Das hat ihnen Charles Laughton erklärt.

Damals arbeitete der englische Schauspieler gemeinsam mit Brecht an einer englischen Übersetzung von dessen *Leben des Galilei*. Brechts politischen Ideen und Absichten begegnete Laughton zurückhaltend, wenn nicht misstrauisch.

»Ich glaube«, sagte er mit seiner gemütlichen Jovialität einmal zu Feuchtwanger, »man könnte Brechts Ansichten nicht einmal verstehen, wenn man sie verstehen würde.«

Und Marta erklärte er hinter vorgehaltener Hand, in der er ein Glas Bourbon hielt, politisch sei Brecht a fool, ein Trottel, als Dramatiker aber ein Genie. Von dem Stück war Laughton jedenfalls begeistert und erst recht von der Titelrolle, um die er sich geradezu riss. »I would die for it!«

Die Verständigung war schwierig. Brechts Englisch war erbärmlich, sein Französisch schlecht, während Laughton flüssig Französisch sprach, aber kaum ein paar Brocken Deutsch kannte. Wenn sie unter den Obstbäumen in Laughtons Garten arbeiteten, unterhielten sie sich mit Händen und Füßen, was angeblich Brechts Ideen vom Gestischen entgegenkam, doch wenn Feuchtwanger sich manchmal dazugesellte, erwies sich sein Französisch hilfreicher als jede Geste.

In Feuchtwangers neuem Haus am Paseo Miramar hatte Laughton dann aus der Übersetzung vorgetragen. Die Werfels waren gekommen, Heinrich Mann mit der wieder einmal sturzbetrunkenen Nelly, Ludwig Marcuse mit seiner Frau, Hanns Eisler, Charlie Chaplin mit Oona, Fritz Lang, Edward G. Robinson, Jack Warner und Sam Goldwyn mit ihren Damen und noch einige andere Exilanten und Hollywoodleute. Die Manns hatten kurzfristig abgesagt. Thomas, ließ Frau Katia ausrichten, leide an einer nervösen Magenverstimmung.

»Das glaube ich sogar«, sagte Marta. »Allein schon der Name Brecht schlägt ihm auf den Magen.«

Laughton lieferte einen großartigen Vortrag, eine One-man-Show, wie Chaplin meinte. Die Galilei-Rolle war Laughton wie auf den mächtigen Leib geschrieben.

An eine bestimmte Textstelle hat Feuchtwanger noch

manchmal denken müssen, wenn Brecht ihm später aus Ostberlin schrieb oder andere von seinem Verhalten und Befinden dort berichteten. Denn Galilei, sehr gealtert und fast blind, zu Kreuze gekrochen und vom Wohlleben bestochen, gesteht am Ende ein, sein Wissen den Machthabern ausgeliefert und seinen Beruf verraten zu haben. Hatte Brecht damit womöglich eine prophetische Selbstaussage geliefert und sein Schwanken zwischen Zwang und Zynismus, Selbstaufgabe und Opposition vorweggenommen?

Laughtons Vortrag war jedenfalls ein voller Erfolg. Jack Warner deutete nach einigen strammen Cocktails sogar leutselig an, sich das Stück auch als Film denken zu können, worüber Brecht in nervöse Begeisterung geriet, die er kaum verbergen konnte. Aber natürlich wurde aus der Sache gar nichts, weil Jack Warner am nächsten Morgen wieder nüchtern war und Brechts Ideen, wie er Marta verriet, für politisches Kasperletheater hielt. Hätte Feuchtwanger einen Galilei geschrieben, wäre vielleicht auch kein Film daraus geworden, aber Hollywood hätte ihm augenblicklich die Rechte abgekauft.

Am Ende jenes Abends, als die meisten Gäste schon aufgebrochen waren, standen dann Laughton und Brecht noch plaudernd mit Feuchtwanger in der Vorküche zusammen. In vornehmen englischen Häusern, erzählte Laughton, nenne man solch einen Raum Butler's Pantry. Früher seien die Weinlisten, die Kellerschlüssel und Haushaltsbücher hier aufbewahrt worden, und manche Butler hätten sogar in dem Raum schlafen müssen, um das Tafelsilber zu bewachen.

Brecht, der Feuchtwangers Haus, erbaut im Stil eines spanischen Landschlösschens, zwar als verkitschten Hollywoodfeudalismus bezeichnete, sich dort aber gern aufhielt – »Wenn ich drinnen bin«, pflegte er zu sagen, »sehe ich es ja nicht.« –, horchte bei Laughtons Bemerkung auf und zog die Augenbrauen hoch. »Da haben Sie es mal wieder«, höhnte er. »Erst schaffen die Knechte den Reichtum der Herren, und dann müssen sie ihn auch noch bewachen.«

Laughton versuchte Brecht zu erklären, dass Butler keine Knechte, sondern hoch angesehene, privilegierte und gut bezahlte Angestellte seien, wovon Brecht nichts wissen wollte. Fast wäre der gelungene Abend in Streit geendet. Zum Glück wusste Feuchtwanger sehr genau, nach welchen Trauben der Fuchs Brecht sich strecken würde. Man könne doch einmal gemeinsam darüber nachdenken, schlug Feuchtwanger vor, ein Stück oder einen Roman, vielleicht gar einen Film aus der Sicht eines Butlers zu machen. Das würde gewiss höchst aufschlussreiche Perspektiven auf Herrschaftsverhältnisse ergeben, könne sicher auch satirisch angefasst werden.

Brechts finstere Miene hellte sich auf. »Gute Idee, Doktor«, sagte er. »Laughton muss den Butler spielen. Und Chaplin den Hausherrn. Oder umgekehrt. Wann können wir damit anfangen?«

Feuchtwanger zuckte mit den Schultern, lächelte unverbindlich hinter dicken Brillengläsern. »Wenn ich mit *Waffen für Amerika* fertig bin.«

»Dann beeilen Sie sich«, sagte Brecht. »Ich habe nämlich schon einen Titel. *Butler's Pantry*. Wie finden Sie den?«

Martas Zettel liegt, natürlich, auf dem Tresen unter dem Wandtelefon. Er wählt die Nummer des Hotels in San Diego. Eine junge, weibliche Stimme, die nach rot geschminkten Lippen, blondem Haar und Petticoats klingt, flötet, ob sie ihm helfen könne.

Ja, wenn sie ihn, bitte, mit Mrs. Feuchtwanger verbindet.

Wie war gleich noch mal der Name?

Der Name, ja doch, er seufzt, buchstabiert umständlich, sich selbst korrigierend, weil ihm die Aussprache des englischen Alphabets Mühe macht. Ein Schriftsteller, denkt er grimmig, der das Alphabet nicht richtig beherrscht.

Oh ja, sagt die verführerische Stimme, einen Moment bitte, und er möge nicht auflegen. Es knistert in der Leitung, ein Signalton tutet leise vor sich hin. Keine Antwort. Dann knistert es wieder, und die Verlockung sagt, es tue ihr schrecklich leid, aber Madam habe das Hotel bereits verlassen.

Er schaut auf die Uhr. Viertel nach zehn. Sie wird auf dem Weg zum Anwalt sein. Er bedankt sich.

Die Stimme sagt: »Keine Ursache. Und stets zu Ihren Diensten.«

Schön wär's ja, denkt er mit schiefem Grinsen, aber die Zeiten sind leider vorbei, und hängt den Hörer ein.

Auf Martas Zettel steht *Frühstück: Obstsalat (im Kühlschrank, Glasschüssel), Joghurt, Pfefferminztee, Orangensaft, eventuell Toast*. Er steckt sich den Zettel in die Jackentasche, schlurft aus der Butler's Pantry in die Küche, nimmt Orangensaft und Obstsalat aus dem Kühlschrank. Pfefferminztee? Muss man dafür nicht Wasser heiß machen? Und wo steht überhaupt der Tee? Es muss auch gar nicht sein.

Er setzt sich mit Orangensaft und Obstsalat in den kleinen Durchgangsraum, der Küche und Esszimmer miteinander verbindet, und öffnet die Glastür zur Gartentreppe. Überm Ozean ist der Nebel heller geworden, weiß fast jetzt, und über den Bergen hinterm Haus ist wahrscheinlich schon die Sonne durchgebrochen. Peinlich, wie er seinen Namen buchstabiert hat. Noch peinlicher, dass er ihn überhaupt buchstabieren musste. Nun ja, nicht jede junge Telefonistin dürfte seine Werke kennen. Aber in Amerika ist es schon ein arges Kreuz mit diesem Namen. Marlene Dietrich hat einmal zu ihm gesagt, für solche Namen brauche man hierzulande eigentlich Untertitel. Das war immerhin witzig.

Weniger witzig war freilich, wie man im Hause Mann am San Remo Drive über ihn redete. In der überhitzten Klatsch- und Gerüchteküche der Exilanten von Los Angeles sprach sich derlei schnell herum, sei es aus tratschsüchtiger Indiskretion, sei es aus gezielter Boshaftigkeit. Erika Mann, die spitzzüngige Giftspritze, hatte angeblich die Frage gestellt, wem von allen Emigranten die Palme der Minderwertigkeit zu reichen sei. Werfel? Remarque? Vicki Baum? Feuchtwanger, habe da Thomas Mann gesagt, habe immerhin von allen Namen den namhaftesten und zugleich unaussprechlichsten. Seitdem hieß Feuchtwanger im Hause Mann nur noch »der Unaussprechliche«. Thomas Mann formulierte seine Geringschätzung auch gern mit diplomatischer Jovialität, wenn er, doppelbödig genug, öffentlich vom

»kleinen Meister« sprach, aber was er von diesem Meister wirklich hielt, war durch die Schwaden der Klatschküchen zuverlässig bis an den Paseo Miramar gedrungen.

Im Sommer 1948 bat Feuchtwanger zu einer Lesung aus seinem neuen Stück *Wahn oder Der Teufel in Boston,* einer Abrechnung mit der immer hysterischer werdenden Hexenjagd McCarthys. Unter den fünfzehn, sechzehn Gästen waren wie üblich auch die Manns sowie ein junger Dramatiker und Drehbuchautor aus Ungarn, ein gewisser George Tabori. Nach dem II. Akt gab es eine kurze Pause, während derer die Gäste im Patio und auf der Terrasse plauderten. Thomas Mann nahm den jungen, unverschämt gut aussehenden, von den Damen wohlwollend bis sehnsuchtsvoll gemusterten Ungarn beiseite und unterhielt sich äußerst angeregt mit ihm. Als die Lesung fortgesetzt werden sollte, verabschiedeten sich die Manns jedoch. Thomas, entschuldigte Katia ihn und sich bei Marta, sei überarbeitet und leide unter Zahnschmerzen. Man bedauere, das anschließende Buffet zu verpassen, wünsche aber dem Stück jeden erdenklichen Erfolg. Sie gingen.

Was Thomas Mann an jenem Abend George Tabori ins Ohr geflüstert hatte, verriet Tabori unterm Siegel der Verschwiegenheit einer seiner Freundinnen, die es einer ihrer Freundinnen erzählte, der Schauspielerin Joan Tetzel, der Freundin und späteren Frau des Schauspielers Oskar Homolka, der es an Vicki Baum weitergab, über die es Salka Viertel erreichte, die es der Frau Ludwig Marcuses auf die Nase band, und aus dieser Richtung kam Marta schließlich zu Ohren, Thomas Mann habe zu George Tabori in etwa Folgendes gesagt: Junger Mann, ist Ihnen die Perfektion der Einrichtung dieses Lustschlösschens aufgefallen? Die fünfundzwanzigtausend ledergebundenen Bücher mit oder ohne Goldschnitt? Alle vom kleinen Meister nicht nur gelesen, sondern auch restlos verstanden und im Gedächtnis behalten. Haben Sie die variantenreichen Schreibtische registriert? Einer, um im Liegen zu schreiben, ein anderer, um sitzend zu schreiben, ein dritter zum Stehen. Und die prächtigen Schreibutensilien, die diversen Schreibmaschinen, die Batterie von Federn, Bleistiften, Radiergummis, die erlesene Qualität des Papiers in verschiedenen Farben? Blau für Notizen, rosa fürs Diktat, grün für die Korrektur, weiß für die Reinschrift oder auch umgekehrt? Und dann erst die raffinierte kleine Nische für die Sekretärin, immer zur Hand, stets zu Diensten? Und was kommt bei all dieser prunkvollen Perfektion heraus? Ich will es Ihnen sagen, junger Mann. Reine Scheiße.

Er blickt in den steigenden Nebel, löffelt Obstsalat und schlürft den Orangensaft mit kleinen Schlucken, weil er für seinen Magen zu kalt ist. Thomas Mann soll ja auch erfolgreich gegen ihn intrigiert haben, als Feuchtwanger für den Nobelpreis vorgeschlagen war. Das war von allen Gerüchten das widerlichste. Doch auf Gerüchte hat er nie etwas gegeben; er hält sich an Tatsachen. Klatsch hat er immer verachtet; er liebt die Klarheit. Und dass ihm alle Welt den Erfolg neidet, damit hat er sich abgefunden. Im persönlichen Umgang, von Mann zu Mann sozusagen, war Thomas Mann freilich stets die personifizierte Liebenswürdigkeit, nur manchmal ein bisschen nobelpreismäßig blasiert, und in seinen Briefen hat er Feuchtwangers Werke begeistert aufgenommen. Nach Europa wollte er gar nicht zurück, wäre lieber hiergeblieben, unter Palmen im milden Klima des Stillen Ozeans als Feuchtwangers guter Nachbar. Aber Erika, diese hysterische Intrigantin und verkrachte Kabarettistin, wollte zurück, weil man ihr die amerikanische Staatsbürgerschaft verweigerte. Wann war Thomas Mann gestorben? Feuchtwanger trinkt noch einen Schluck Orangensaft und überlegt. Vor einem Jahr. Fast auf den Tag genau vor einem Jahr. Nun sind sie also beide tot, der große Mann und Feuchtwangers liebster, vielleicht einziger Freund Brecht, dessen liebster Feind Thomas Mann war. Der hat ihn mit schauderndem Respekt das Scheusal genannt.

Im Südosten bricht Sonne durch den Nebel, und es wird wärmer. Den Rest Obstsalat und die angebrochene Flasche Orangensaft lässt er auf dem Frühstückstisch stehen, steigt schwerfällig über die Treppe ins Arbeitszimmer hinauf. Auch wenn es heute mühsam wird, weil die Erinnerungen an Brecht ihm folgen wie graue Schatten, will er nun arbeiten. Er muss arbeiten. Ohne seine Arbeit kann er nicht leben. Es riecht säuerlich nach stockigem Papier, Staub und trockenem Leder. Er liebt diesen Duft. Da die Sekretärin in New York ist, wird er die Ausbeute der letzten Tage korrigieren und Vorbereitungen fürs Diktat der nächsten Kapitel treffen.

In der Mitte des großen Raums, zusammengeschoben zu einer Arbeitsfläche, stehen vier ramponierte Büroschreibtische, das Holz fleckig, die Türen hängen schief in den Scharnieren. Marta hat die Schreibtische bei einem sogenannten Garage Sale in Venice aufgetrieben, noch vor ihrem Einzug. Es waren die ersten Möbel in diesem Haus. Sie hatten noch nicht einmal Betten, sondern schliefen in den ersten beiden Wochen in Schlafsäcken auf Bastmatten. Aber die Arbeit am Roman *Simone* konnte nicht warten. Wirklich zu Hause war er immer nur in seiner Arbeit, egal in welchem Haus.

Er zieht Martas Zettel, das schwarze Notizbuch und das Telegramm aus der Jackentasche, legt alles auf die rissige Lederschreibfläche eines Schreibtisches, setzt sich, liest noch einmal das Telegramm. Ihm gegenüber, am anderen Schreibtisch, hat Brecht oft gesessen, wenn sie zusammen gearbeitet haben. Er starrt den fett gedruckten Schriftzug am oberen Rand des Telegramms an: *Western Union*. Western Union und *Simone*? Gibt es da nicht einen Zusammenhang? *Simone* und Brecht?

Er steht auf und öffnet die Balkontür. Es ist eigentlich nur ein Zierbalkon, kaum zwei Fuß breit. Ein potemkinscher Balkon, hat Brecht einmal gesagt. Aber gut genug für frische Luft und weite Blicke. Er atmet genießerisch die Meerbrise ein und hört im Luftzug hinter sich das Rascheln von Papier. Western Union. Jetzt weiß er es wieder.

Aber wer hatte eigentlich die Bemerkung mit Western Union gemacht? Jack Warner? Oder Goldwyn? Ja, der alte Samuel Goldwyn. Das war so sein Humor. Man war auf einem Empfang gewesen, nach einer Filmpremiere vielleicht oder anlässlich irgendeines Geburtstags, in einem Privathaus oben in Beverly Hills. Es gab einen Swimmingpool mit Liegestühlen und Sonnenschirmen, ein paar junge Leute planschten im Wasser, appetitliche Statistinnen mit knappen Badeanzügen. Mexikanische Serviermädchen in weißen Schürzen und Häubchen reichten Tabletts mit Getränken und Sandwiches herum.

Marta und er standen mit einer kleineren Gruppe an der Cocktailbar auf der Gartenterrasse zusammen. Jemand fragte Fritz Lang, warum sich der Beginn der Dreharbeiten zu *Hangmen Also Die* immer wieder verzögerte.

Lang, dem preußischen Gentleman, war das Thema sichtlich unangenehm. Er nahm das Monokel ab, putzte es umständlich mit einem Tuch, klemmte sich das Glas wieder vors Auge und sagte beiläufig, es gebe Differenzen zwischen ihm und den Drehbuchautoren.

Probleme zwischen Autoren und Regisseuren seien unvermeidlich, sagte daraufhin Goldwyn, aber ein guter Regisseur müsse sich stets durchsetzen.

»Ganz Ihrer Meinung, Sam«, nickte Lang, »leider sind sich nicht einmal die beiden Drehbuchautoren untereinander einig.«

»Warum nicht?«, fragte Goldwyn.

Lang zögerte, warf einen konspirativen Blick in die Runde, als bäte er um Diskretion und Stillschweigen, schlürfte einen Schluck Champagner und sagte dann achselzuckend: »Einer der beiden will unbedingt eine politische Botschaft unterbringen.«

Ein Schauspieler, vielleicht war es Humphrey Bogart, sagte grinsend, dann komme dieser Drehbuchautor bestimmt aus Europa.

Lang nickte betreten lächelnd.

»Und dann«, knurrte Samuel Goldwyn, »haben Sie wirklich ein Problem, Fritz«, und fügte mit dem ihm eigenen, schlauen Zynismus hinzu: »Ich will keine Filme mit einer Botschaft. Wenn ich eine Botschaft senden will, schicke ich die mit Western Union.«

Großes Gelächter. Auch Feuchtwangers lachten. Sie lachten auf Brechts Kosten, obwohl der Name Brecht gar nicht fiel. Fritz Lang war zwar ein Snob, aber ein sehr anständiger, diskreter Mensch.

Von diesem Gespräch und diesem Gelächter hatte Brecht nie etwas erfahren, obwohl er vielleicht selber gelacht hätte. Und ausgerechnet Samuel Goldwyn sollte Brecht es dann zu verdanken haben, dass er auch noch auf *seine* Kosten kam. Denn nach den Schwierigkeiten mit Lang und all den herben Enttäuschungen mit Hollywood lag Brecht Feuchtwanger hartnäckig in den Ohren, er solle mit ihm zusammen das Stück *Die Gesichte der Simone Machard* schreiben. Die Idee war Brecht gekommen, als er Feuchtwangers Erlebnisbericht über seine Internierung im französischen Lager gelesen hatte. Feuchtwanger hatte eigentlich keine Zeit, aber er ließ sich wieder einmal breitschlagen. Und es war dann durchaus auch ein Vergnügen, endlich wieder mit Brecht zusammenarbeiten zu können. Feuchtwanger hatte eben den *Lautensack*-Roman abgeschlossen und sofort die Filmrechte verkaufen können, während Brecht, nachdem er vergeblich Chaplin bekniet hatte, für ihn ein Drehbuch schreiben zu dürfen, die schmerzliche Erfahrung durchlitt, dass Hollywood einem wie ihm nie den roten Teppich ausrollen würde.

Es war fast so wie in den guten, alten Tagen von München und Berlin. Brecht kam mit Ideen, die er irgendwo aufgelesen oder entwendet hatte, zum Beispiel bei Feuchtwanger, und um aus den Ideen anderer Leute seine Stücke machen zu können, brauchte er wiederum die Kenntnisse und die Disziplin anderer Leute, Leuten wie den Freund Feuchtwanger vor allen anderen. Sie saßen im Garten im Schatten des Eukalyptusbaums am Holztisch, debattierten, als ginge es um Leben und Tod, tranken Martas selbst gemachte Limonade. Brecht brauchte Einwand, Bedenken und Widerspruch, um sich zu entzünden. Um seine blitzenden Einfälle, seinen Witz, seinen Zynismus und seine Frechheit ins Rollen zu bringen, baute er auf dem soliden Fundament von Feuchtwangers Kenntnissen, seines Realismus, seiner Logik, seines Sinns für Konstruktion, Dramaturgie und Psychologie.

»Sie sind mein einziger Lehrer, Doktor«, sagte Brecht einmal, und weil er wohl fürchtete, ein allzu plumpes Kompliment gemacht zu haben, fügte er rasch hinzu: »Weil Sie der einzige sind, der mir erklären kann, welche Regeln ich verletze.«

Sie lachten, hatten Spaß an der Arbeit, am Experiment. Brecht konnte nie ein Ende finden, wollte es nicht finden, wollte alle Möglichkeiten offenhalten, sah auch dies Stück als einen Prozess, der sich permanent ändert.

»Jeder Schluss«, sagte er, »ist gewaltsam.«

»Dann müssen wir das Stück eben verlassen«, sagte Feuchtwanger. »So, wie man manchmal eine Geliebte verlassen muss, mit der man noch nicht fertig ist.«

Sie fragten Marta um Rat. Ihr Vorschlag entzückte Brecht. »Dafür«, sagte er, »schuldet Ihr Mann Ihnen mindestens 400 Dollar.«

Aber als das Stück fertig war, lehnte Samuel Goldwyn es schnöde ab, sagte knapp, er habe es gar nicht verstanden. Seine Frau habe es auch nicht verstanden, und was seine Frau nicht verstehe, daraus könne nie und nimmer ein erfolgreicher Film werden.

Weil Brecht wusste, dass es ein gutes Stück war, zumindest ein guter, wenn auch unfertiger Stoff, und weil auch Feuchtwanger sich über Goldwyns Ignoranz ärgerte, arbeitete er die Sache kurzerhand zum Roman *Simone* um – ohne Brechts chaotisches, wunderbar inspirierendes Dreinreden, ohne dessen dialektischen Widersinn.

Jetzt, sagte Goldwyn nach Lektüre, habe er es endlich kapiert, sogar seine Frau habe es jetzt kapiert, es sei großartig, finde seine Frau, und kaufte die Filmrechte für 50 000 Dollar.

Feuchtwanger gab die Hälfte an Brecht, obwohl er juristisch nicht dazu gehalten war. Aber er gab ihm die fünfzig Prozent, weil das Buch ohne seine aufgelesenen Ideen nicht entstanden wäre. Und weil Brecht das Geld bitter nötig hatte, weil ihm sonst niemand etwas abkaufen wollte in Hollywood, weil sie über ihn den Kopf schüttelten und hinter vorgehaltener Hand grinsten, wenn er das Kino mal wieder mit dem Theater verwechselte. Und weil er Brechts finanzielle Notlage lindern, aber auch seine Verbitterung dämpfen wollte. Weil es natürlich auch dummes Zeug war, dass nur Armut und Leiden große Literatur hervorbringen. Und vermutlich auch, weil Feuchtwanger ihm gegenüber väterliche Gefühle hegte.

Als Brecht, der zu dem Zeitpunkt gerade in New York war, von dem unverhofften Geldsegen erfuhr, schickte er Feuchtwanger ein Telegramm, in dem lediglich stand: KAUFE NEUE HOSE. Und so war Brecht dann schließlich, Samuel Goldwyn sei Dank, doch noch auf seine Kosten gekommen, weil auch Feuchtwanger dank Brechts Hartnäckigkeit wieder einmal auf seine Kosten gekommen war. Bei ihrem ersten Treffen nach Brechts Rückkehr aus New York fragte er Marta, ob sie je die 400 Dollar bekommen habe, die ihr Mann ihr schulde.

So war das, denkt er lächelnd und nickt vor sich hin, so war das immer. Ungeheuer oben überm Ozean treiben noch Nebelschwaden, aber bald wird das Blau sich durchsetzen.

— 4 —

Zurück am Schreibtisch blättert er wie jeden Morgen im Notizbuch, um die flüchtigen Ideen und Formulierungen, die ihm im Traum und Halbschlaf zugefallen sind, auf Brauchbarkeit zu überprüfen und zu ordnen. Seit geraumer Zeit schläft er nicht mehr gut, erwacht mitten in der Nacht aus Träumen und wälzt sich unruhig in Dämmerzuständen. Durch deren Nebel treiben Bilder und Worte, Szenen und Sätze, die es festzuhalten gilt. Bei Tageslicht betrachtet, erweist sich das meiste zwar als unbrauchbar, aber was er nicht ins Netz der Worte zieht, verschwindet auf Nimmerwiedersehen im Ozean des Vergessens.

Im Manuskriptschrank liegen Stapel verschiedenfarbiger Mappen, Notate, Skizzen und Vorüberlegungen zu Büchern und kleineren Arbeiten, an denen er schreibt oder die er noch schreiben will, und diesen Mappen sind die Stichworte der vergangenen Nacht einzuverleiben. Er blättert. Die Nacht war nicht sehr ergiebig. Immerhin dies: *Großes Tier. Widder. Stier vielleicht. Riesiger Kopf, große Hörner. Frau mit gigantischen Brüsten. Nabel spitz und weit. Venushügel. Mann mit gewaltigem Phallus.* Diese Vision gehört eindeutig zu Jefta. Es sind Motive ammonitischer Zauberpüppchen, Amulette, Talismane – Baalen geweiht, die Israel fremd und feindlich sind. Dann noch die Notiz zu Jeftas Greisengesicht. Sehr brauchbar. Aber das ist kein Nachtgedanke mehr, sondern dem Spiegel zu danken.

Und schließlich ein einzelnes Wort, verkrümmt, als fröre es auf dem weißen Blatt. *Eisblume.* Wieso hat er das überhaupt notiert? Wegen der Erinnerungen an Winter, Schnee und Frost, aus denen das Wort wie ein fernes Echo aufgestiegen ist? Er massiert sich mit den Fingerspitzen die Stirn. Dann weiß er es wieder. Ob andere Sprachen das Wort haben?

Er geht zum Regal hinterm Stehpult und konsultiert Lexika. Englisch: *frost pattern.* Das trifft es kaum. Französisch: *cristal de glace.* Das meint das Gleiche, ohne es zu sein. Spanisch: *flor de escarcha.* Reifblume. Das ist das gleiche Bild und dennoch etwas ganz anderes. Denn die Muttersprache ist nicht nur der Sinn, der begriffliche Inhalt von Wörtern, sondern auch eine Atmosphäre, ein Hauch, ein Stromwechsel zwischen Ober- und Untertönen, die etwas ausdrücken, was jenseits der Bedeutung schwingt. Im fremden Wort, und sei es dicht am Bild wie *flor de escarcha,* ist der Widerhall, den man hört, nicht der Widerhall des eigenen Worts. Noch die beste Übersetzung bleibt ein Fremdes. In der fremden Sprache lebt die eigene im Exil. Da hat man etwa um einen Satz, um ein Wort gerungen, und nach langem Suchen hat man den Satz, das Wort gefunden, die glückliche Wendung, die sich wie ein gut geschnittener Handschuh um Gedanken und Gefühl schmiegt. Und dann kommt das übersetzte Wort, der übersetzte Satz. Er stimmt, er ist richtig, aber etwas Entscheidendes fehlt. Der Duft, die Nuance ist fort, das Leben ist gewichen, als sei die Übersetzung die Totenmaske des Originals. Häufig verhält sich der übersetzte Satz zum eigenen wie eine Übertragung der Bibel in Basic English zum Worte des Herrn.

Hat er denn Grund zu klagen? Übersetzungen sind auch Bereicherungen. Er ist ein jüdischer Autor, der deutsch schreibt und kosmopolitisch denkt. Seine Werke sind in alle Kultursprachen übersetzt, man liest ihn auf der ganzen Welt, man versteht ihn auf der ganzen Welt. Ihm fließen Honorare und Tantiemen aus der ganzen Welt zu. Er lebt davon, übersetzt zu werden. Irgendein Neider hat einmal die Bemerkung gemacht, seine Bücher würden schneller übersetzt, als er sie schreiben könne. Als man es ihm zutrug, hat er darüber gelacht, aber gekratzt hat es ihn dennoch. In Deutschland hat man seine Bücher verbrannt, und in Westdeutschland gibt es heute wieder oder immer noch Buchhändler, die seine Werke boykottieren. Das wurmt ihn, aber aus finanziellen Gründen könnte er auf den deutschen Markt verzichten. Wirklich zu klagen hätten diejenigen, die nicht einmal übersetzt werden. Im Exil sind sie Entmündigte, Autoren ohne Werk wie Heinrich Mann oder Döblin. Und wenn Brecht etwas ins Englische bringen wollte, musste er Leute wie Laughton oder Tabori darum anbetteln. Nein, er darf da nicht klagen. Er klagt ja auch nicht.

Und doch ist es bitter, abgespalten zu sein vom lebendigen Strom der Muttersprache. Die Sprache ändert sich ständig, passt sich dem Leben an. Er lebt jetzt seit dreiundzwanzig Jahren im Exil, und in diesen dreiundzwanzig Jahren ist das Leben weitergegangen, und je älter er wird, desto schneller verrinnen die Jahre. Für tausend neue Erscheinungen, Erfindungen, Ideen sind tausend neue Worte und Wendungen entstanden. Die neuen Worte hört oder liest er zuerst in der fremden Sprache. Immer und für alles hat er die fremden Klänge im Ohr. Sie dringen ununterbrochen auf ihn ein, sie nagen an seinem eigenen Ausdrucksvermögen, lassen die Muttersprache schartig und veraltet klingen. Manchmal fehlen ihm schon deutsche Worte für englische Wendungen. Wie sagt man *easy going* auf Deutsch? Ein Wort, das Brecht gehasst hat. Für ihn hieß das nur Oberflächlichkeit, obwohl es doch eher Lässigkeit ist. Was heißt auf Deutsch *phony war*? Was *unamerican activities*? Was *Ketchup*? Wie nennt man *Teenager* auf Deutsch? All diese umwerfend hübschen, gut gebauten, zahngesunden Teenager-Mädchen, denen er bei seinen Strandspaziergängen entsagungsvolle Blicke nachwirft. Auf deren *boyfriends* er hilflos eifersüchtig ist. Oder ist er nur auf die Jugend eifersüchtig, weil an ihm das Alter reißt? Wie nennt man auf Deutsch *Rock 'n' Roll*, diese neue, zügellose Musik? Einmal hat er gesehen, wie Marta in der Küche ein paar Tanzschritte gemacht hat, als solche Musik aus dem Radio schrillte. Ihm sagt diese Musik gar nichts, aber Marta sah dabei plötzlich um Jahre jünger aus. Im Grunde genommen hat ihn Musik nie wirklich berührt. Für Musik hat er keine Antenne. Im Roman *Exil* ist die

Hauptfigur zwar ein Komponist, aber den hat er wie einen Schriftsteller gesehen. Thomas Mann, ja, der wäre vermutlich lieber Komponist als Schriftsteller gewesen.

Manche Exilanten haben immerhin versucht, in der fremden Sprache zu schreiben, Klaus Mann zum Beispiel, dieser unglücklichste aller Söhne. Wirklich geglückt ist es keinem. Gewiss, man kann lernen, sich in fremden Sprachen auszudrücken, aber man kommt einer fremden Sprache nie ganz auf den Grund, erreicht nicht das Unausgesprochene, das unter den Worten mitschwingt, erreicht bestenfalls Richtigkeit und Verständnis, nie jedoch Schönheit und Gefühl. Barbaren nannten die Griechen und Römer jeden, der sich nicht in ihren Sprachen ausdrücken konnte. Der Dichter Ovid, zu solchen Barbaren verbannt, hat vergeblich versucht, in barbarischer Sprache zu dichten, und geklagt: Hier bin ich der Barbar, denn keiner versteht mich.

Am meisten hat Brecht darunter gelitten. Jedenfalls hat er am lautesten darüber geklagt. Es mache ihn krank, hat er einmal gesagt, nur sagen zu können, was er sagen könne, statt das sagen zu können, was er sagen wolle. Aber Unterricht hat er kategorisch abgelehnt, hat lieber in seinem schwäbelnden Englisch gestammelt. In einem Gedicht hat er geschrieben, im Exil lohne sich Vorsorge nicht; um den Rock aufzuhängen, lohne es nicht einmal, einen Nagel in die Wand zu schlagen. Wozu in einer fremden Grammatik blättern? Die ungeduldig erwartete Nachricht, die ihn bald heimrufen werde, werde auf Deutsch geschrieben sein. Aber ob er dann, heimgerufen in seine merkwürdige DDR, stets hat sagen können, was er sagen wollte, das ist doch auch mehr als zweifelhaft.

Einmal jedoch, Ende Oktober 1947, war Brecht das Radebrechen sehr nützlich gewesen. McCarthys Hexenjäger hatten ihn vor ihr Inquisitionstribunal zitiert. Obwohl er wusste, dass ihm als Ausländer kein Gefängnis drohte, sondern nur die Ausweisung, obwohl er das Flugticket nach Paris und Zürich bereits in der Tasche hatte, fuhr er mit schlotternden Knien nach Washington. Nach außen war er immer selbstbewusst, aber tief im Innern war Brecht ein ängstlicher Mensch. Am meisten fürchtete er den Tod.

Teile des Verhörs wurden im Rundfunk gesendet. In der kleinen Bibliothek hinterm großen Salon saßen Feuchtwangers mit Marcuses und Dieterles vorm Radio und lauschten voller Angst dem Verfahren. Doch gegenüber der bösen Mixtur aus Dummheit, Hysterie und fanatischer Verbohrtheit bewahrte Brecht kühlen Kopf. Seine Stimme klang kraftlos, schüchtern, nachgiebig fast, aber er war so schlau, nicht ein einziges Mal zu lügen. Er sagte die reine Wahrheit, gespielt naiv, gescheit, hinterfotzig. Weil er tatsächlich kein praktischer Politiker oder Konspirateur war und weit davon entfernt, sich zum Märtyrer seiner eigenen Ideen machen zu lassen, konnten die Dummköpfe nichts gegen ihn unternehmen.

Er kam gut weg. Er schien das Verhör sogar zu genießen, je länger es dauerte, als würde er eine Theaterinszenierung langsam in den Griff bekommen. Brecht musste sich kaum selbst verteidigen, sondern nur seine Freunde. Er gab zu, dass er mit Hanns Eisler und dessen Bruder Gerhart, der unter all den Salonmarxisten vermutlich der einzige entschiedene Kommunist war, abends meistens über Politik gesprochen habe. Man hatte vermutlich geglaubt, er würde sagen, dass er mit den Eislers ins Kino oder Blumen pflücken gegangen sei. Man schien beeindruckt, dass vor diesem Ausschuss, vor dem sonst das Blaue vom Himmel gelogen oder verstockt geschwiegen wurde, plötzlich einer die Wahrheit sagte. Und da die Wahrheit niemanden interessierte, nahm man Brecht gar nicht richtig ins Gebet. Auch schien man ihn für nicht ganz normal zu halten, weil er sich in dieser Hetzatmosphäre ganz unschuldig als Freund der berüchtigten Eisler-Brothers bekannte. Und dass er mit diesen Staatsfeinden über Politik geredet haben wollte! Man nahm ihn einfach nicht ernst, hielt ihn für einen harmlosen Trottel.

Und dann kam die Sache mit den englischen Übersetzungen. Als man ihm eine englische Version von *Lob des Lernens* vorhielt, sagte Brecht, sie stimme nicht. »Es ist der Sinn, der nicht richtig ist«, sagte er wörtlich. »Es ist auch nicht sehr schön, aber davon rede ich gar nicht.«

Im Hintergrund hörte man Gelächter. Zwischen dem recht begriffsstutzigen Vorsitzenden, dem leitenden Ermittlungsbeamten Stripling, dem Dolmetscher und Brecht kam es nun zu einem absurden Wortwechsel, wie ihn Brecht in keinem seiner Stücke je hätte raffinierter machen können. Einmal sagte der Vorsitzende, er könne den Dolmetscher nicht besser verstehen als den Zeugen Brecht selbst. Das Gelächter schwoll an. Auch vor Feuchtwangers Radio löste sich die Spannung in schallendes Gelächter. Schließlich verlas der nun hörbar verunsicherte Stripling eine englische Übersetzung des *Solidaritätslieds* und fragte Brecht, ob er das geschrieben habe.

»Nein«, nuschelte Brecht in seinem erbarmungswürdigen Englisch, »ich habe ein deutsches Gedicht geschrieben, aber das unterscheidet sich sehr von diesem hier.«

Das Gelächter steigerte sich zum Heiterkeitssturm. Stripling sagte hastig, er habe keine weiteren Fragen, und der Vorsitzende entließ Brecht mit dem Kompliment, er habe ein gutes Vorbild für die nächsten Zeugen abgegeben. Alle zehn Zeugen, die man anschließend zur Aussage nötigte, wurden verhaftet und zu jeweils ein bis zwei Jahren Gefängnis verurteilt. Aber Brecht schickte die Inquisition einfach weg und war froh, dass er endlich den Mund hielt, ging und nie wiederkam.

Aber ich habe Sie vermisst, denkt er und klappt das Notizbuch zu. Sie werden mir immer fehlen, mein Freund. Er streicht das Telegramm glatt, nimmt die Brille ab, reibt sich die Augen, setzt die Brille wieder auf, greift zu Bleistift und einem Blatt Papier. *Liebe Helene Weigel,* schreibt er, streicht es wieder aus, schreibt *Liebe Helene,* streicht, schreibt *Liebe Helli! Die Nachricht vom Tode Brechts hat mich tief erschüttert. Mir zittert die Hand –*

Tatsächlich, ihm zittert die Hand, aber muss die Weigel das wissen? Er zerknüllt das Blatt, wirft es in Richtung Papierkorb, trifft ihn aber nicht, steht auf, bückt sich, wirft das Papier in den Papierkorb, geht im Zimmer auf und ab.

Die Helli hatte wahrscheinlich noch mehr unterm Exil gelitten als Brecht, aber sie hatte nie, nicht ein einziges Mal, geklagt. Rollen als Schauspielerin bekam sie nicht mehr, also wechselte sie für fast zwanzig Jahre in die Rolle einer Hausfrau und Mutter. Brecht hatte zwar die Rolle der stummen Kattrin in *Mutter Courage und ihre Kinder* extra für sie geschrieben, damit sie, wo auch immer, ohne Sprachschwierigkeiten auftreten könnte, aber keine Bühne führte das Stück auf, kein Filmproduzent wollte etwas von dem Stoff wissen.

Als Brecht dann mit John Wexley das Drehbuch für Fritz Langs *Hangmen Also Die* schrieb, mogelte er eine Nebenrolle für Helli hinein, doch Lang besetzte sie mit einer Frau, der er sich eher verpflichtet fühlte, weil er vermutlich ein Verhältnis mit ihr hatte. Die dramaturgischen und politischen Streitereien zwischen Lang und Brecht waren unerfreulich, manchmal auch nur lachhaft. Einmal saßen sie in Feuchtwangers Bibliothek und dachten über neue Szenen nach. Jeden Vorschlag Brechts konterte Lang mit dem Satz: »Das kauft man uns nicht ab.« »Man« war natürlich die Produktionsfirma.

Nach Langs viertem oder fünftem »das kauft man uns nicht ab« platzte Brecht der Kragen. »Ich kann es nicht ertragen«, schrie er, »dass ich hier alles verkaufen muss, jedes Achselzucken, jede Idee! Soll ich etwa dem Pissoir meinen Urin verkaufen? Aber Sie haben sich kaufen lassen, Lang! Ihr Opportunismus ist Ihnen zur Tugend geworden.« Lang zuckte nur mit den Schultern und lächelte schief.

»Was sagen Sie dazu, Doktor?«, wandte sich Brecht an Feuchtwanger.

»Warum arbeiten Sie nicht einfach weiter?«, sagte er.

Und dann arbeiteten sie weiter.

Feuchtwanger ging nach oben, weil auch er zu arbeiten hatte. Manchmal hörte man Brechts schrilles Schimpfen.

»Stört Sie das denn gar nicht beim Diktieren?«, fragte Hilde, die Sekretärin.

»So arbeitet er eben«, sagte Feuchtwanger lächelnd.

Das Ende der Freundschaft zwischen Brecht und Lang besiegelte endgültig der »schnöde Verrat eines Hollywoodsklaven«, wie Brecht tobte, nachdem Lang ihm eröffnet hatte, die für Helene geschriebene Rolle anderweitig zu besetzen. So blieb dann Weigels einzige Arbeit als Schauspielerin in einem Hollywoodfilm eine stumme Nebenrolle in *Das siebte Kreuz*. Ansonsten trug sie ihr eigenes Kreuz, besorgte Brecht den Haushalt, kümmerte sich um die Kinder und fraß ihre ohnmächtige Wut über Brechts Nebenfrau Ruth Berlau stumm in sich hinein. Sie verlor kein Wort darüber, aber die Bitterkeit schnitt scharfe Falten in ihr Gesicht.

Nun ja, denkt er, setzt sich wieder an den Schreibtisch und greift zu einem neuen Blatt, Frauen altern sowieso schneller als Männer. Aber dafür sterben die Männer früher. Er starrt das weiße Papier an. Schönes weißes Papier. Das hatte damals Brecht Vater gesagt, seufzend und mit todtrauriger Miene. All das schöne weiße Papier. Wann ist das gewesen? 1920? Vielleicht 1921?

An einem silbernen Frühlingstag schellte ein untersetzter, sorgfältig, fast elegant gekleideter, gepflegt wirkender Herr mit Schnauzbart und vollem Haar an der Tür in der Georgenstraße. Marta war nicht da, also öffnete Feuchtwanger selbst, missmutig, weil ihn der Fremde aus der Arbeit riss. Der Herr verbeugte sich, eine Spur zu tief vielleicht, entschuldigte sich für sein unangekündigtes Eindringen, aber er habe geschäftlich in München zu tun gehabt und wolle die Gelegenheit nutzen, einmal beim Herrn Doktor Feuchtwanger vorzusprechen.

»Und mit wem habe ich die Ehre?«, sagte er ungeduldig.

»Oh, verzeihen Sie. Mein Name ist Brecht. Berthold Brecht aus Augsburg. Ich bin der Vater –«

»Aha, ja dann«, unterbrach Feuchtwanger ihn, »treten Sie doch bitte ein. Ich fühle mich geehrt, Ihre Bekanntschaft zu machen.« Und so weiter und so fort, eine Weile die üblichen Floskeln übers herrliche Wetter, die schlimmen Zeiten, den Aufstand an der Ruhr. Richtig, man sprach kurz über den Ruhraufstand. Dann muss das also 1920 gewesen sein.

Feuchtwanger bot seinem Gast Apfelsaft an. Er trank einen Schluck und kam dann zögernd, über sein Anliegen offenbar peinlich berührt, zur Sache. »Mein Sohn hat mir erzählt, dass Sie ihn in seinen, wie sagt man, in seinen dichterischen Ambitionen unterstützen und fördern. Das ist natürlich außerordentlich schmeichelhaft, aber –« Er griff zum Apfelsaft, hielt sich am Glas fest. »Wissen Sie, Herr Doktor, ich wünsche, dass mein Sohn Arzt wird. Gewiss, er hört wohl auch ein paar Vorlesungen an der hiesigen Universität, aber zu Hause in Augsburg läuft er den Mädchen hinterher, macht ihnen Kinder oder sitzt in seiner Mansarde, singt zur Klampfe merkwürdige Balladen und schreibt allerlei, was mit seinem Medizinstudium nichts zu tun haben dürfte. Und seitdem er Sie kennengelernt hat, nichts für ungut, erklärt er mir, Dichter werden zu wollen, Schriftsteller, wie immer man das nennt. Sie verstehen vielleicht, dass meine Frau und ich uns Sorgen machen. Dichter ist doch, mit Verlaub, kein Beruf. Bei Ihnen, verehrter Herr Doktor, ist das natürlich etwas ganz anderes. Sie haben Erfolg, die Theater spielen Ihre Stücke, die Zeitungen schreiben über Sie. Aber mein Sohn mit seinen Balladen –« Er brach ab und sah Feuchtwanger mit einem unsäglich traurigen Gesichtsausdruck an.

Feuchtwanger räusperte sich. »Und was könnte ich da nun für Sie tun?«, sagte er steif, unbehaglich.

»Ich bitte Sie um Ihre ehrliche Meinung und um Ihren Rat, Herr Doktor«, sagte Brechts Vater entschlossen. »Glauben Sie, dass mein Sohn das Zeug zum Dichter hat? Dass er Talent hat? Dass er mit dem, was er schreibt, Erfolg haben könnte?«

Feuchtwanger verkniff sich ein Lachen, überlegte, geriet in Versuchung, zu sagen, dieser abtrünnige Medizinstudent sei ein Genie, ganz so, wie Lavater es definiert habe als das Ungelernte, Unentlehnte, Unlernbare, Unentlehnbare, Innig-Eigentümliche, Unnachahmliche. Aber das sagte er natürlich nicht. Und er sagte auch nicht, dass er dies junge Genie beneidete, weil dem einfach zuzufallen schien, was er sich mühsam abringen musste. »Ich kann Ihnen nur dies eine sagen, lieber Herr Brecht«, sagte er vielmehr. »Ich rate grundsätzlich keinem jungen Menschen dazu, Schriftsteller zu werden, weil das ein sehr harter und schwieriger Beruf ist. Und ich spreche aus Erfahrung.

Wenn jedoch Ihr Sohn nicht schreiben würde, nicht weiterschreiben würde, dann wäre das ein Verbrechen.«

Brechts Vater staunte ihn mit offenem Mund an. »Ja, wenn das so ist, ich meine, wenn Sie das sagen. Ich, nun ja, ich glaube Ihnen, Herr Doktor. Und ich danke Ihnen.« Er zog seine Taschenuhr, stand auf und sagte, er müsse sich nun verabschieden, habe noch geschäftlich in Schwabing zu tun.

»Wie werden Sie sich nun verhalten?«, erkundigte sich Feuchtwanger und konnte kaum glauben, dass Brechts Vater so einfach die Segel strich. »Ihrem Sohn gegenüber, meine ich.«

»Ich bin ein wenig betrübt über Ihre Antwort, weil man als Arzt doch wohl in solideren Verhältnissen leben dürfte. Aber ich werde ihm monatlich einen Scheck geben«, sagte er trocken. »Damit er als Schriftsteller nicht verhungert.«

Feuchtwanger staunte. Der Mann war ja großartig. Und großherzig. Brechts Vater wandte sich zum Gehen, aber als er bereits aus der Wohnungstür getreten war, drehte er sich noch einmal um. »Wissen Sie, Herr Doktor, ich bin Prokurist einer Papierfabrik. Wir stellen wunderbares weißes Papier her. Und dann kommen die Dichter und schreiben es voll, und die Druckereien drucken schwarze Tinte darauf. All das schöne weiße Papier.« Er stieß einen tiefen Seufzer aus und ging energisch seiner Wege.

In dieser Hinsicht, denkt er, sind Sie also einer der größten Verbrecher geworden, mein Freund. All das schöne weiße Papier. Und als damals die Schritte Ihres Vaters auf der Treppe verhallten, dachte ich: Jetzt hat der Brecht keinen Vater mehr. Aber ich habe ihn adoptiert.

Und auch der Schluss von *Trommeln in der Nacht* fällt ihm wieder ein, dieser lakonische Schluss, wenn da einer sagt: Jetzt gehen wir ins breite, weiße Bett.

Er schreibt so zögernd, als müsse er das Schreiben noch lernen. *Liebe Helli! Es fällt mir sehr schwer –*

Er bricht ab. Den Brecht adoptiert? Dessen Vater war zwar die Vorstellung unerträglich gewesen, den Sohn an die Literatur zu verlieren, aber er hatte es mit Würde akzeptiert, und dass er ihm finanziell weiter unter die Arme griff, war nobel.

Sein eigener Vater war aus härterem Holz. Weil er auf die Einhaltung der jüdischen Gesetze genauso streng achtete wie auf seinen Profit, verpachtete er, um die Sabbatruhe nicht verletzen zu müssen, seine Fabrik an jedem Freitagabend für eine Mark an den christlichen Prokuristen und kaufte sie ihm am Montagmorgen für dieselbe Mark wieder ab. Zwar legte er größten Wert auf Lions Schulbildung, trieb ihn darüber hinaus zum Talmudunterricht und verfügte mit dem jüdischen Respekt vor Wort und Schrift auch über eine recht kostbare Bibliothek, doch dass es den designierten Fabrikerben ausgerechnet in die windigen Regionen des Theaters und der brotlosen Boheme zog, machte den Alten fassungslos. Mit dem Nützlichkeitsethos eines Geschäftsmanns verachtete er Lions literarische Anwandlungen abgrundtief und ließ keine Gelegenheit aus, ihn das spüren zu lassen. Zwar lag der Sohn ihm nicht mehr auf der Tasche, seit er aus dem Elternhaus ausgezogen, eine

Mansarde in Schwabing gemietet hatte und sich schlecht und recht mit mäßig erfolgreichen Stücken und Theaterkritiken durchs Leben der Münchner Boheme schlug. Wenn jedoch manche respektvoll von seinem wachsenden Erfolg sprachen, sein Foto in der Zeitung sahen, winkte der Alte nur resigniert ab. »Ach, der Lion.« Mehr fiel ihm zu seinem missratenen Sprössling nicht ein. Es wurmte ihn schwer, dass ausgerechnet sein ältester und intelligentester Sohn es schnöde ausschlug, in die Solidität einer Margarinefabrik einzusteigen.

Als er ihn ein letztes Mal für Soll und Haben, Gewinn und Verlust, Betriebskosten und Erträge zu interessieren versuchte und zugleich den Wert literarischer Arbeit ins Lächerliche zog, platzte dem sonst so gelassenen Sohn der Kragen.

»Betriebskosten, wenn ich das schon höre. Wenn du wüsstest, was ein Schriftsteller für seine Arbeit aufwenden muss! Wenn du wüsstest, was das Schreiben kostet! Ich rede nicht von Geld, ich rede von Nerven und Blut, weil man auch seinen Körper zum Schreiben braucht. Und dann kostet es das ganze Leben! Was das heißen soll? Jede zu Papier gebrachte Zeile kostet Beobachtung und Hingabe, kostet ununterbrochene Bereitschaft. Und dafür muss man leben, träumen, lesen, reisen, muss auch abenteuerlustig sein. Ja, sogar lieben muss man dafür. All das, was du verachtest! Manchmal muss man dafür aber auch asketisch sein und unglücklich, manchmal sparsam und manchmal verschwenderisch. Und das alles nur, um in einem bestimmten Augenblick präsent zu sein, dem Zwang der Arbeit nicht mehr auszuweichen, wenn es so weit ist. Und wenn es am Sabbat so weit ist, dann kann ich niemandem eine Mark in die Hand drücken, der mir die Arbeit abnimmt, dass ich der Ruhe pflege. Ich heilige den Sabbat, indem ich schreibe. Und, ja doch, in meiner Arbeit gibt es auch Soll und Haben. Sie verursacht Betriebskosten, mehr und viel beängstigendere als eine Margarinefabrik. Was ich aufwenden muss? Alles. Mein ganzes Leben!«

»Ach, Lion«, seufzte der Alte und machte eine wegwerfende Handbewegung.

Und obwohl er vom Vater nicht ein einziges Buch aus dessen Bibliothek und keinen einzigen Pfennig von dessen Vermögen erben sollte, hatte das kaufmännische Talent des Alten wohl kräftig auf den Sohn abgefärbt. Seitdem *Jud Süß* erst in England, dann in Deutschland und schließlich weltweit zu einem Bestseller geworden war, rissen sich die Verleger um Feuchtwanger. Kiepenheuer oder der Book of the Month Club, Hübsch von der Viking Press oder Dr. Landshoff vom Querido-Verlag, Hutchinson in London oder Mondadori in Milano – sie alle bekamen es mit einem Mann zu tun, der sich plötzlich vom Dichter zum Kaufmann verwandelte, der seine Betriebskosten kannte und mit seinen Pfunden zu wuchern wusste, der das Kleingedruckte in den Verlagsverträgen mit scharfer Brille las und der mit Zähigkeit, List und einem ausgeprägten Selbstbewusstsein, das mancher Neider für Größenwahn hielt, Verlegern Konditionen abhandelte, über die sich die Verlagsbuchhalter hinterher die Haare rauften. Obwohl sie sehr wohl wussten, dass Bücher eine Ware und die Literatur auch ein Markt waren, heuchelten die meisten seiner Schriftstellerkollegen und Freunde Desinteresse an Tantiemen,

Rechten, Auflagen, als könnte der Mammon die Muse verschrecken. Feuchtwanger liebte es, über derlei zu räsonieren, und wenn ihm Zweifel am literarischen Wert seiner Arbeit zu Ohren kamen, verscheuchte er sie mit dem unwiderlegbaren Argument seiner Auflagenhöhen. Mit dieser naiven Begeisterung über die eigenen Erfolge machte er sich nicht nur Freunde, aber es kam durchaus nicht selten vor, dass die gleichen Kollegen, die sich gestern noch hinter seinem Rücken den Mund über seine Bestsellerei zerrissen hatten, plötzlich bei ihm vorstellig wurden und um Tipps bei der Ausgestaltung ihrer Verträge baten.

Und vielleicht hätte es sogar den alten Feuchtwanger versöhnlich gestimmt, hätte er es noch erlebt, welches Erbteil er seinem Sohn da vermacht hatte. Doch damals war das Verhältnis längst zerrüttet, irreparabel und hoffnungslos, als er im Januar 1916 in sein Elternhaus gerufen wurde. Diesmal müsse er kommen, der Vater liege im Sterben.

Feuchtwanger wollte sich weigern hinzugehen, aber Marta redete ihm zu. »Nur noch dies eine Mal«, sagte sie.

Im Krankenzimmer lag der alte Mann, bleich und eingefallen, die Decke bis zum Hals gezogen. Als er den Sohn erkannte, schloss er die Augen. Feuchtwanger setzte sich auf die Kante des Stuhls, der neben dem Bett stand, und wusste nicht, was er sagen sollte. Das Schweigen war weiß und kalt wie die Zimmerwände.

»Mutter hat mich rufen lassen«, sagte er schließlich. »Der Arzt sagt, dass du –«

»Ich weiß, was der Arzt sagt«, murmelte sein Vater,

ohne die Lippen zu bewegen. »Den Weg hättest du dir sparen können.«

»Dann verabschiede ich mich jetzt von dir«, sagte Feuchtwanger förmlich und stand auf.

Der Alte schlug die Augen auf, sah ihn aber nicht an. »Einen Moment noch«, flüsterte er. »Wie ich höre, hat Max Reinhardt dies indische Stück von dir angenommen und will es inszenieren.«

Er nickte. »Es heißt *Vasantasena*.«

»Ich habe es gelesen«, sagte der Alte.

»Du hast es gelesen?«, fragte er ungläubig. »Ein Stück von mir?«

Über die Züge des Alten kroch ein böses Lächeln. »Ganz recht. Und ich kann nicht verstehen, warum Reinhardt etwas so Miserables akzeptiert.«

Damit drehte er das Gesicht zur Wand und sagte kein Wort mehr. Am Fenster wüteten Eisblumen. Am nächsten Morgen war er tot.

— 5 —

Plötzlich beginnt das Licht zu fluten, die klare, zugleich weiche Sonne Kaliforniens. In ihrem Schein wird das Zimmer wohnlicher, die Welt wirklicher, sachlicher. Vernünftig. Alles, was die Morgennebel grau und verschwommen gemacht haben, steht jetzt nackt und in dürrer Körperlichkeit da. Die Bücher, das Papier, die Schreibtische. Das rote Polster des Mahagonisofas scheint zu glühen.

Das Sofa hat Hanns Eisler gehört. Als er nach seinem Verhör vor den Hexenjägern McCarthys aus den USA ausgewiesen wurde, verließ er fluchtartig das Land. Seine Frau, gegen die nicht ermittelt wurde, blieb einstweilen, um den Haushalt aufzulösen. Marta fuhr hin, um ihr beim Packen zu helfen. Die Eislers wohnten in einem Holzhaus in Malibu, klein, aber mit einer Terrasse, die auf Strand und Meer hinausging. Als Marta abends nach Pacific Palisades zurückfuhr, folgte ihr ein

Lastwagen, auf dessen offener Ladefläche das Sofa stand. Es war so schwer und sperrig, dass niemand es haben wollte. Vielleicht traute sich auch niemand mehr, es in diesen Jahren der Hetzjagd an sich zu nehmen, weil der Bezug so rot wie die Fahne des Kommunismus war. Marta kaufte es für eine unsinnig hohe Summe, weil Feuchtwangers zwar kein Sofa, Eislers aber dringend Geld brauchten.

Einmal, zu Besuch bei Eislers, hatte Feuchtwanger am Geländer der Terrasse gelehnt und auf die Kiesel in der Sonne am Strand geschaut. So einfach müsste man sein, dachte er da plötzlich, so einfach und objektiv wie diese Kiesel, die das Meer ausspuckt und bald wieder mit sich reißen wird, hinab ins tiefe Wasser, in die Dunkelheit.

Jetzt ist alles hell. Er geht zur Balkontür und schaut eine Weile aufs Türkis des Pazifik. Das Licht blinkt auf dem Metall der Schreibmaschine, als wolle es sie aus Schlaf und Schweigen wecken und zum Klappern bringen. Was würde die Maschine schreiben, könnte sie es von selbst? Vielleicht, dass ihre Stahlfinger auch Worte Brechts aufs Papier geschlagen haben? Aber natürlich bleibt sie stumm, und alles ist, wie es ist. So ist die Welt bei Licht betrachtet. Nicht schön, nicht hässlich. Mal ist sie fürchterlich und grausam, mal hinreißend und zärtlich. Aber immer ist die Wirklichkeit erträglicher als der Nebel und die Lüge. Er setzt sich wieder an den Schreibtisch, nimmt den Stift zur Hand.

Liebe Helli! Heute hat mich die Nachricht vom Tode Brechts erreicht. Es wird mir sehr schwerfallen, mich zurechtzufinden in einer Welt ohne ihn. Wenn ich an eine Rückkehr nach Europa dachte, dachte ich immer zuerst an Brecht. Als er sich hier auf der Terrasse des Hauses von mir verabschiedete und darauf drängte, dass auch ich bald käme, war ich sicher, dass wir uns nicht auf lange trennten. Brecht war mir trotz aller Gegensätzlichkeiten sehr nahe, und wiewohl er in privaten Dingen scheu war, so war er doch, glaube ich, mir gegenüber in allem Wichtigen offen. In mancherlei Hinsicht habe ich ihn sogar als einen Sohn empfunden, dem ich –

Er legt den Stift beiseite. So nicht, denkt er, so geht das nicht. In allem Wichtigen offen? Ist das die Wahrheit? Hat Brecht ihm denn je gestanden, dass auch er in Marta verliebt war? Vielleicht gab es da nichts zu gestehen, weil man es Brechts Augen ansah, wenn sie gierig und dennoch entsagungsvoll Marta abtasteten. Und das hätte Brecht auch wohl kaum als etwas Wichtiges empfunden. Er hat die Frauen begehrt und geliebt, das schon, aber geschätzt hat er sie nur, wenn sie seiner Arbeit dienlich waren. Die Arbeit war das Wichtige. Da war er offen, offen wie das sprichwörtliche Scheunentor, sog wie ein trockener Schwamm alles ein, was seinem Werk nützlich sein konnte. Da war er auch ehrlich, räumte seine Raubzüge durch andere Werke listig ein. Es komme nicht darauf an, woher man die Ideen nehme, sagte er, es komme darauf an, was man daraus mache. Es ist noch kein Meister vom Himmel gefallen, aber es ist auch noch nie einer nur auf seinem eigenen Mist gewachsen.

In München, bald nach Beginn ihrer Freundschaft, hatte Brecht sich in der Georgenstraße direkt gegenüber ein Zimmer gemietet und ging bei Feuchtwangers ein und aus. Fast wie ein Sohn des Hauses. Seinen jungen Freunden war das suspekt. Was wollte er von dem alten Mann?

Den Onkel Feuchtwanger, erklärte Brecht ihnen, charmiere er bloß, weil er sich dessen Protektion erhoffe, weil er ihm als Sprungbrett nützlich sei für die eigene Karriere. Und um der schönen Marta schöne Augen machen zu können, lästerten seine Freunde.

Dergleichen klatschte sich zuverlässig fort als stille, aber schnelle Post und wurde dem »Onkel« zugetragen. Er stellte Brecht zur Rede. Ob er das gesagt habe? Brecht schluckte, hielt aber seinem Blick stand und gab es unumwunden zu.

»Dann sollten Sie es nicht wieder sagen, und wir brauchen darüber nicht mehr zu reden«, sagte Feuchtwanger. »Lassen Sie uns lieber über *Im Dickicht der Städte* sprechen. Der Schluss des zweiten Aktes wackelt arg.«

So war es. So war er. In allem Wichtigen offen. Und dennoch – wie schwer dieser Brief ihm jetzt fällt. Als hätte er verlernt zu schreiben. Er schaut sich im Raum um, als suche er Rat, sieht im Fenster den Ozean blinken, vertraut seit fünfzehn Jahren in allen Varianten der Jahreszeiten, betrachtet an der Wand das letzte Foto, das die Berlau von ihm und Brecht machte, bevor er zum Verhör nach Washington aufbrach und zurück nach Europa flog, lässt den Blick über die Bücherregale schweifen. Und plötzlich kommt es ihm so vor, als sei all das nur Zeichensprache, chinesische Schriftzeichen, deren Sinn er erst jetzt enträtselt, in diesem fürchterlich einfachen, in diesem leeren und vernünftigen Augenblick. Das Furchtbare besteht darin, dass er diesen Sinn, dies neue und letzte Wissen Brecht nicht mehr übermitteln kann. Niemandem mehr.

Er überfliegt die Zeilen, die er mühsam zu Papier gebracht hat wie ein Abc-Schütze. *Brecht war mir trotz aller Gegensätzlichkeiten sehr nahe.* Wie hölzern das klingt, wie hohl. Der Mann mit all seinen Widersprüchen wird in diesem Satz planiert, und statt zu erscheinen, verdunstet das, was einmal so nah war, im Staub des Allgemeinplatzes. Andererseits, was soll er Helene Weigel Details über ihren Ehemann erzählen? Sie weiß ja Bescheid, hat ihn erlebt, hat mit ihm gelebt. Jetzt muss sie ohne ihn leben. Und manches, was er von Brecht weiß, braucht Helli erst gar nicht zu wissen. Vermutlich weiß Helli auch manches von Marta, was er *nie* erfahren wird. Die beiden Frauen sind sich ja auch nah gewesen seit jenen gemeinsam verbrachten Tagen, damals in Oberitalien.

Das war im Herbst 1929. Nach jahrelanger Schinderei, die gegen Ende noch durch eine Blinddarmoperation unterbrochen wurde, hatte er den Roman *Erfolg* abgeschlossen. Zur Erholung spendierte er Marta und sich einen Urlaub am Gardasee. Sie fuhren mit dem Fiat 9, den er Marta geschenkt hatte. Der Autonarr Brecht, begeistert von dem eleganten Sportwagen, hatte sich übrigens das brandneue Auto sogleich für eine Spritztour ausgeliehen und mit einer Beule am Kotflügel zurückgebracht. Feuchtwanger zahlte die Reparatur.

In Fasano residierten sie in einem Hotel direkt am Seeufer, unternahmen ausgedehnte Spaziergänge und schwammen. Wegen der Nachwirkungen der Operation musste er sich bei diesen Aktivitäten noch schonen, während Marta wie üblich ein nahezu olympiareifes Programm lieferte. Von einem Sprungbrett vollführte sie Kopfsprünge und Saltos, um anschließend kraftvoll ihre Bahnen durch den See zu ziehen. Jeden Morgen, wenn sie zum Baden ging, versammelte sich auf der Terrasse das ganze Hotel, um ihr zuzuschauen und bei besonders waghalsigen Sprüngen Beifall zu klatschen. Marta war die Sensation von Fasano. Sie genoss es. Er saß auf der Terrasse, trank Kamillentee und genoss es, um diese Frau beneidet zu werden. Nachdem sich unter den Hotelgästen herumgesprochen hatte, dass der hässliche kleine Mann dieser sensationellen Frau nicht irgendwer, sondern der Autor des Weltbestsellers *Jud Süß* sei, genoss er das auch und war restlos glücklich. Es gelang ihm sogar, einige Tage auf Notizen für den *Josephus*-Roman zu verzichten, obwohl er davon überzeugt war, dass es für wahre Künstler keinen Urlaub gibt und nie einen Feierabend; er geht mit seiner Arbeit zu Bett und feilt noch im Traum daran. Und wenn eine Frau mit ihm das Bett teilt, dient sie ihm als Inspiration.

Eines Abends lag er bei Sonnenuntergang auf einem Liegestuhl und sah auf den See hinaus. Der dunkle Punkt weit draußen musste Marta sein, die ihre Kreise zog. Die Schatten der Palmen und Platanen fielen lang über die Terrasse, und die Luft stand still, als atmete man kaum. Die Sonne sank auf die kühle Glätte des grün schimmernden Sees und schien den aufsteigenden Dunst zu trinken. So zu verdunsten, dachte er da oder spürte es nur, nichts zu vermissen, nichts zu begehren, einfach nur Glied dieser Kette aus Licht und Wasser zu sein, wäre vielleicht die wirkliche Kunst.

Doch der Gedanke war noch gar nicht ganz gedacht, das Gefühl kaum gespürt, als ein Hotelpage auf die

Terrasse kam und dem zweideutigen Zwinkern des Nirwanas ein Ende bereitete. Für den Herrn Doktor sei Besuch eingetroffen, ein Paar aus Deutschland. Besuch? Sie erwarteten niemanden. Nur die engsten Freunde wussten, wo sie sich aufhielten.

Er ging in die Lobby. Am Rezeptionstresen standen Brecht und Helene Weigel. Welch angenehme Überraschung! Großes Hallo, Umarmungen, Wangenküsse. Sie aßen Seefisch auf der weinumrankten Terrasse, tranken Wein, er nippte an einem halben Glas, und schauten in den Mond. Obwohl sie seit Jahren liiert waren und bereits einen gemeinsamen Sohn hatten, waren Helli und Brecht erst seit wenigen Wochen verheiratet, und Helli war jetzt zum zweiten Mal schwanger.

Ob ihr Besuch etwa die Hochzeitsreise sei, erkundigte sich Marta. Helli lächelte, deutete ein Nicken an, strich sich versonnen den Schwangerschaftsbauch und tuschelte Marta etwas zu. Die Frauen lachten leise.

Brecht zuckte mit der Schulter und schaute finster drein. Mit seinem schmalen, knochigen Gesicht, den tief liegenden Augen, dem Bartschatten und dem in die Stirn fallenden Haar sah er wie ein gotischer Heiliger aus. Oder wie ein Racheengel. Er wirkte nervös, schien unter Druck zu stehen, war ungewöhnlich schweigsam. Feuchtwanger wunderte sich, fragte aber nicht weiter nach. Vielleicht war Brecht nur von der Reise erschöpft. Aus einem Souterrainfenster, hinter dem die Küche lag, plärrte schmissige Marschmusik, gefolgt von einer Mussolinirede. Brechts Miene verfinsterte sich noch mehr. Feuchtwanger winkte dem Kellner, bat um Ruhe. Das Radio verstummte. Die Nacht war lau und still, Grillen zirpten, Wellen schwappten. Über die Uferstraße kam ein Radfahrer, das Katzenauge am Hinterrad glühte rot im Mondlicht. Man ging zu Bett.

Am nächsten Morgen unternahm man eine Wanderung durch die bukolische Hügellandschaft entlang des Seeufers. Brecht und Feuchtwanger gingen voraus, Marta und Helli folgten in einigem Abstand. Sie waren erst wenige Minuten unterwegs, als Brecht zur Sache kam. »Hören Sie, Feuchtwanger«, sagte er verkrampft, »Ihr Roman, *Erfolg* meine ich. Also, ich weiß gar nicht –«

»Ah«, sagte Feuchtwanger erwartungsvoll, »Sie haben das Manuskript also gelesen?«

Brecht nickte finster. »Deswegen haben Sie es mir ja wohl dagelassen, oder?«

»Und? Wie finden Sie die Sache?«

»Unmöglich!«, platzte es aus Brecht heraus. »Das können Sie unmöglich so lassen!«

Feuchtwanger zuckte zusammen. Brecht schätzte er nicht zuletzt deshalb, weil der kein Blatt vor den Mund nahm und rücksichtslos kritisch sein konnte, aber dass er einen tausendseitigen Roman, die saure Arbeit von drei Jahren, mit einem barschen »Unmöglich« abtat, traf ihn wie eine Ohrfeige. Vielleicht war Brecht auch nur neidisch? So etwas, so eine genau kalkulierte, epische Arbeit, für die man nicht nur Inspiration, sondern auch Fleiß brauchte, nicht nur Genie, sondern auch Handwerker sein musste, würde er nie hinbekommen. Obwohl Feuchtwanger noch von der Blinddarmoperation geschwächt war, erhöhte er das Tempo.

Brecht hielt mühsam Schritt. »Feuchtwanger!«, schrie er. »Der Pröckl ist eine Riesensauerei!«

Das war es also. Er hätte es sich ja denken können. In der Figur des Auto-Ingenieurs Kaspar Pröckl hatte er Brecht porträtiert, voller Sympathie und Zuneigung als ein genialisches Naturereignis, aber eben auch als einen unrasierten, ungewaschenen, autonärrischen Kerl, der mit schriller Stimme hundsordinäre Balladen singt, damit die Weiber verzaubert und sich voll Fanatismus dem Marxismus in die Arme wirft, ohne dessen Theorie zu verstehen, und blind gegenüber dessen praktischer Unzulänglichkeit. Er ist eine starke, fast wilde Persönlichkeit, die ständig vom Glück der Unpersönlichkeit schwadroniert. Sein romantischer Marxismus ist durch sein individuelles Temperament motiviert, und auf der Tastatur seiner Schreibmaschine klemmt ausgerechnet das X. Und um sein ungehobeltes Genie in produktive Bahnen zu lenken, braucht dieser Pröckl die Klugheit und die Erfahrung des erfolgreichen Schriftstellers Tüverlin – und das war natürlich Feuchtwangers Selbstporträt.

»Sie fühlen sich also getroffen?«, schmunzelte Feuchtwanger.

»Allerdings!«, schrie Brecht. »Aber nicht gut! Das ist eine miese Karikatur! Das ist Rufmord! Sie machen mich zum Gespött der literarischen Öffentlichkeit. Was gibt es da zu grinsen?«

Feuchtwanger ging schneller.

»Sie müssen das ändern«, keuchte Brecht. »Wenn Ihnen unsere Freundschaft etwas bedeutet, müssen Sie das ändern. Laufen Sie doch nicht so schnell, Mensch!«

»Dafür ist es zu spät«, sagte Feuchtwanger. »Das Buch wird bereits gedruckt.«

»Dann lassen Sie die Druckmaschinen anhalten. Der

Verlag frisst einem bürgerlichen Großschriftsteller wie Ihnen doch aus der Hand.«

Feuchtwanger lachte laut. »Sie finden meinen *Erfolg* also misslungen?«

»Nicht ganz, nein«, sagte Brecht atemlos, »es gibt da auch ein paar gute Stellen. Aber darum dreht es sich hier gar nicht. Es geht um diese Witzfigur, diesen albernen Pröckl.«

»Sie meinen also, es dreht sich alles nur um Sie? Um Sie allein und ganz persönlich? Um Sie und Ihre Eitelkeiten?«

Brecht schnappte nach Luft. »Sie sind ein Hund, Feuchtwanger! Ich weiß, warum Sie mir das antun. Sie begleichen eine alte Rechnung.«

»Welche Rechnung?«

»Weil ich Sie vor einigen Jahren mal als Sprungbrett bezeichnet habe«, sagte Brecht erbost.

»Hatten wir uns damals nicht geeinigt, nie wieder darüber zu sprechen?«

Brecht zuckte mit den Schultern, blieb stehen und sah sich nach den Frauen um. »Marta wird mich verstehen«, sagte er kleinlaut.

»Marta findet, dass der Pröckl die beste Figur des Romans ist«, sagte Feuchtwanger, »ein Kerl nach ihrem Geschmack«, obwohl Marta das nie geäußert hatte.

»Ach, tatsächlich?« Das schien Brecht zu denken zu geben, hellte ihn auf.

Als die Frauen zu ihnen aufgeschlossen hatten, hakte Brecht sich bei Marta unter. »Gnädigste, sagen Sie Ihrem verehrten Gatten mal, dass er nicht immer so schnell laufen soll. Das Schlitzohr will mich nur ermüden. Er will meine Argumente schwächen.« Alle lachten.

Der revolutionär gesinnte Ingenieur und Balladendichter Kaspar Pröckl wurde nicht wieder erwähnt, aber mit der buddhistischen Ruhe war es am Gardasee vorbei. Brecht und Feuchtwanger dachten an ein neues, gemeinsames Stück, stritten sich in aller Freundschaft lautstark weiter, beleidigten sich gegenseitig schwer. Feuchtwanger zehrte von Brechts Genie, und Brecht bediente sich an Feuchtwangers Handwerk. Sie verstanden sich prächtig.

Helene Weigel und Brecht blieben noch drei Tage. Als einige Tage später auch Feuchtwangers abreisten, monierte er die Höhe der Hotelrechnung. Es stellte sich heraus, dass Brecht sein Zimmer auf Feuchtwangers Rechnung hatte setzen lassen. Feuchtwanger zahlte mit einem schiefen Lächeln. Das hatte man nun davon, wenn man so einen Windhund geistig adoptierte.

Als sie bei Nacht und stürmischem Regen zum Brennerpass hinauffuhren, platzte am Fiat 9 ein Reifen. Marta schürfte sich beim Ausbau des Rads und Einbau des Reserverads die Hände blutig. Damit sie besser sehen konnte, hielt Feuchtwanger die Taschenlampe.

Im nächsten Jahr erschien *Erfolg*. Der Roman wurde auch im NSDAP-Zentralorgan *Völkischer Beobachter* sehr aufmerksam registriert. Die Rezension geiferte von einem »Sudelbuch des Hasses« und schloss mit der Drohung, der »Löb Feuchtwanger« habe sich mit diesem Buch einen zukünftigen Emigrantenpass verdient. Zwei Jahre später emigrierte er nach Frankreich.

Motorengeräusch schreckt ihn auf. Er geht zum Fenster, das auf die Straße weist. Das Auto der *US Mail* hält vorm Haus. Er beobachtet, wie sich der Briefträger am Postkasten zu schaffen macht, und ist erleichtert, dass er wieder abfährt, ohne geklingelt zu haben. Er reibt sich die Augen, sieht auf die Uhr, zwanzig vor eins, wirft kopfschüttelnd noch einen Blick auf den Briefentwurf für Helli, erhebt sich seufzend vom Schreibtisch und geht die Post holen. Ein paar Rechnungen, ein Brief für Marta, einer von Viking Press, ein paar Leserzuschriften. Und ein Brief von Arnold Zweig.

Berlin-Niederschönhausen
1.8.1956

Liebster Feuchtwanger!

Einigermaßen beunruhigt stelle ich fest, dass Sie bislang nicht auf meinen letzten Brief reagierten. Da wir hüben wie drüben in argwöhnischen Zeiten leben, in denen die politische Neugier gelegentlich auch den privaten Briefverkehr ins Auge fasst, sucht man solche Stockungen manchmal außerhalb des Gewöhnlichen. Seitdem feststeht, dass Westdeutschland nach dem Beitritt in die NATO nun auch mit der Aufstellung einer eigenen Armee beginnt, wächst bei uns allenthalben das Misstrauen, und Post aus den USA dürfte bei gewissen Stellen besondere Aufmerksamkeit erregen.

Ich hoffe aber sehr, dass Ihr Zögern nicht derlei Ärgernissen des Kalten Krieges geschuldet ist, sondern der intensiven Beschäftigung mit Ihrem Jefta. Soweit ich das aus Ihren Andeutungen schließen kann, haben Sie sich mit untrüglicher Sicherheit wieder einem Stoff zugewandt, den einzig Sie zu gestalten in der Lage sind. Sie schreiben, dass es Ihnen heikel vorkommt, die Wirklichkeit biblischer Menschen in heutiges Wort und moderne Gestalt zu fassen, obwohl die Probleme dieser Menschen die gleichen sind, die unsereinen bewegen. Ich nehme an, dass Sie damit auf die politischen Spannungen anspielen, die Palästina seit der Staatsgründung Israels erschüttern und sich momentan zuspitzen. Der neue ägyptische Präsident Nasser spielt mit seinem Staudammprojekt in Assuan die Russen und die Amerikaner gegeneinander aus und hat soeben den Sueskanal verstaatlicht, womit er den Westen und Israel provoziert. Wollen wir alle hoffen, dass es zu keiner kriegerischen Auseinandersetzung internationalen Ausmaßes kommt, die angesichts des atomaren Wahnsinns verheerende Folgen haben dürfte.

Sie erwähnten auch erneut die Schwierigkeiten, die Ihnen die amerikanische Bürokratie der McCarthy-Inquisition in Sachen Ihrer Staatsbürgerschaft macht und dass diese Schwierigkeiten einer Reise in die Heimat im Weg stehen. Wenn ich Sie, liebster Feuchtwanger, durch die Macht meiner Gedanken hätte bestimmen können, Thomas Mann und Chaplin zu folgen, so wären Sie jetzt zwar nicht wieder in München noch in Berlin, aber immerhin in der sonnigen Südschweiz angesiedelt. Dann würden wir natürlich mit Besuch und Gegenbesuch in die Lage kommen, uns vom unsicherer werdenden Briefverkehr zu emanzipieren. Stabile Freundschaften wie die unsere gehören ja zu den besten Dingen, die unsere unstabile Epoche noch zu verschenken hat. Ich weiß aber nicht, welchem Engel eine Kerze versprochen werden muss, damit er Sie über den Nordpol nach Europa geleite.

Sie äußerten sich auch besorgt über Brecht, aber da kann ich Sie beruhigen. Wie ich höre, hat er sich von einer Grippe gut erholt und befindet sich derzeit in der Sommerfrische am See in Buckow. Wie Sie ja wissen, ist Brecht seit den unerfreulichen Ereignissen von 1953 immer mehr auf Distanz zu unserem Staat gegangen und hat sich ganz aufs Künstlerische zurückgezogen. Es würde mich nicht wundern, wenn er in diesem Augenblick in Buckow Gedichte schriebe.

Während draußen Regen auf dem Fensterbrett Maschine schreibt, in alter Freundschaft
Ihr Zweig

Mal wieder typisch Zweig. Herzlich zugeneigt und ein bisschen zu naiv, aber immer um den heißen Brei herumredend. Der heiße Brei ist dieser ostdeutsche Staat, mit dem außer den Bonzen offenbar niemand glücklich ist, aber alle tun so, als sei man auf dem Weg zum Paradies auf Erden. Wie man hört, stimmen viele Bürger mit den Füßen ab und wandern gen Westen. Man würde sich nicht wundern, wenn dieser Staat sich eines Tages einmauern müsste, um seine Bürger im Land zu halten. Zweig sitzt da im Parlament, ist Ehrenpräsident der Akademie, lässt sich hofieren. Und sein Verhältnis zu Brecht ist natürlich immer distanziert gewesen. Vermutlich hat er ihm auch misstraut. Brecht war ihm zu eigensinnig, zu anarchisch, zu zynisch auch. Zu sehr egoistischer Genießer, um solider Genosse zu sein. Und dass er sich nach den Unruhen von 1953, denen sowjetische Panzer ein Ende machten, immer weiter von der Politik entfernt hat, das war Zweig höchst suspekt. *Es würde mich nicht wundern, wenn er in diesem Augenblick in Buckow Gedichte schriebe.* Schön wäre es ja, schriebe er noch Gedichte. Vielleicht gibt es in der DDR eine ganze Menge Leute, die froh sind, dass der unbequeme Brecht keine Gedichte mehr schreibt, sondern für immer das Maul hält. Und dass Zweig nicht begreift, warum es für Feuchtwanger keinen Weg zurück gibt, nicht nach Deutschland und auch nicht ins Tessin – naiv ist das. Kein Engel und kein Gott werden ihm über den Nordpol helfen. Im Exil ist der Emigrant verdächtig, weil er sich mit einer Regierung angelegt hat, mithin ein potenzieller Unruhestifter und Aufrührer ist, selber fast wie Gerüchte von Untaten, die über die Grenzen entkamen. Ein Emigrant aber, der nicht heimkehrt, ist erst recht verdächtig. Er liebt sein Land nicht. Erst lässt er es im Stich, dann bleibt er ihm fern. Er ist der doppelte Verräter.

Wo bleibt eigentlich Marta mit dem Mittagessen? Es ist Zeit. Er hat Hunger. Ach, richtig, er ist ja allein. Wo liegt jetzt wieder Martas Zettel? Unterm ungeschriebenen Brief an Helli. *Mittagessen: Gulasch, Knödel, Rotkraut (im blauen Emailletopf im Kühlschrank). Im Wasserbad erhitzen!* Im Wasserbad erhitzen? Was soll das heißen? Soll er sich etwa mit dem Topf in die Badewanne setzen? Er geht in die Küche, nimmt den Topf aus dem Kühlschrank, zündet umständlich den Gasherd an, setzt den Topf auf die Flamme.

Gulasch, Knödel, Rotkraut. Das klingt gut bayerisch und duftet nach Heimat. Oben am Sunset Boulevard, Ecke Holloway Drive, gibt es ein Lebensmittelgeschäft mit deutschen Spezialitäten, *The Bavarian Deli*. Als Marta und er zum ersten Mal vor dem Schaufenster standen, trauten sie ihren Augen nicht: Weißwürste und Laugenbrezeln, Leberkäse und Sauerkraut, Rettich und Haxen, alles liebevoll dekoriert mit weißblauen Tüchern und Wimpeln.

Sie kamen mit dem Inhaber ins Gespräch. William Sandhoover war der Sohn eines Metzgers aus Regensburg, der um die Jahrhundertwende nach Amerika ausgewandert und nach einigen Jahren in New York nach

Los Angeles weitergezogen war. Erst hieß das Geschäft schlicht *Deutsche Delikatessen,* aber als 1917 mit dem Kriegseintritt der USA alles Deutsche in Verruf kam, amerikanisierte man den Familiennamen von Sandhofer in Sandhoover und den Namen des Ladens in *The Bavarian Deli.*

»Den meisten Amerikanern«, erklärte William Sandhoover, »ist nämlich gar nicht bewusst, dass Bayern zu Deutschland gehört. Sie halten Bayern für ein eigenes Land.«

»Das tun die meisten Bayern auch«, sagte Marta und war seitdem Stammkundin im *Bavarian Deli.*

Der Anblick des Schaufensters war für Feuchtwanger fast wie ein Schock gewesen, weil dies kulinarische Pseudobayern sich nicht in den Rahmen seines Lebens fügte. Längst lebte er andernorts und in ganz anderem Stil. Im Schaufenster brachte sich etwas Verlorenes in Erinnerung. Aber was? Vielleicht eine Sehnsucht, bescheiden, ohne Verpflichtungen zu sein und an einem Ort zu leben, wo es vertraut und einfach ist?

Sehnt er sich danach? Er weiß es nicht, spürt aber mit ätzender Klarheit, dass es genau das ist, was für ihn nie mehr möglich sein wird. Und plötzlich versteht er auch, warum sich Brecht nach seinen Skatrunden in Augsburg zurückgesehnt hat.

Etwas stimmt nicht. Am Geruch stimmt etwas nicht. Er zieht die Luft durch die Nase ein. Es riecht angesengt. Aus dem Topf steigt dunkler Rauch. Gulasch, Knödel, Rotkraut sind zu einer widerlichen schwarz-braunen Masse verbrannt.

— 6 —

Er nimmt zwei, drei Löffel des Obstsalats, der noch auf dem Frühstückstisch steht, trinkt ein paar Schlucke Orangensaft, aber der Appetit ist ihm vergangen. Mittagsmüdigkeit, die ihn sonst mit träger Behaglichkeit erfüllt, sickert bleigrau und lastend durch seine Glieder, und die Brise vom Ozean scheint ihre Frische verloren zu haben. Schwer atmend, als sei die Luft ein zähflüssiger Stoff, steigt er treppauf, stützt sich mit der Hand am Geländer. Dass seine Schritte federnd zwei Stufen auf einmal nahmen, ist noch nicht lange her, doch solche energische Leichtigkeit ist verweht wie ein freundlicher Traum.

Im Schlafzimmer zieht er Schuhe und Jackett aus und legt sich aufs Bett. Warum ist das Bett nicht gemacht? Ach ja, er ist allein. Er schaut auf die Uhr, streift sie ab, legt sie auf den Nachttisch, lauscht dem nadelfeinen Ticken, das die Stille noch tiefer macht. Im Halbschlaf seiner Siesta, der zwielichtigen Grenzregion zwischen

Traum und Wachen, stellt sich oft etwas ein, was der konzentrierten Arbeit entgeht. Überlässt er sich dem Getümmel, das aus einem vagen Irgendwo aufsteigt, fällt ihm manchmal etwas zu, fügt sich etwas zusammen, was pure Nüchternheit nicht erzwingen kann. So durchströmt seine Arbeit die Ruhe, so wacht er noch im Schlaf. Müde, zerstreut und gleichgültig alles abwerfen, was man im Leben gesammelt, gehütet und mitgeschleppt hat. Wie die Uhr einfach alles abstreifen, was man für unverzichtbar hält, den Ehrgeiz, die Begierden, am Ende sogar die Spannung der Arbeit, in der Ehrgeiz und Begierden ihre letzte Zuflucht finden. Einfach wegnicken, die Gesichter der Menschen ineinanderfließen lassen, ohne sie zu vergessen, die Welt noch hören, die Briefe noch lesen, aber nicht mehr wirklich zur Kenntnis nehmen, sondern nur noch darüber lächeln, weil nichts mehr schmerzt. Die Uhr abstreifen, die Kleider, den Doktortitel, die Verpflichtungen, den Ruhm und auch den Körper, diese verschlissene, unbegreifliche und irgendwie verdächtige Materie. Allein sein können und nicht mehr erschrecken müssen beim Klang der Klingel, bis die zittrig gewordenen Hände wieder ganz ruhig sind. Vom Sunset Boulevard dringt manchmal Motorengeräusch vorbeifahrender Autos herauf, wie Stimmengemurmel einer fremden Sprache. Mit halb geschlossenen Augen nimmt er noch die Geräusche der Welt wahr, wie einer, der sich nach einer sehr langen, mühseligen Wanderung durch fremdes Land im Hotel zur Ruhe legt und den Stimmen und Klängen der fremden Stadt lauscht, einer Stadt, die ihn eigentlich nichts angeht, deren Lebenslust und Freundlichkeit, deren

Laster und Niedertracht den Flüchtling, den Vertriebenen nicht berühren.

Im lichten Traum besteigt er einen felsigen Berg. Der Gipfel ist kahl, bedeckt mit Geröll, in der Mitte steht breit, grün und mächtig eine Zeder. Er ist nicht allein, sondern hält die Hand eines winzigen Mädchens, fast noch ein Säugling. Ihre mattbraune Haut schimmert durch das schleierige Kleid. Ihm ist, als sehe er sie das erste Mal. Er liebt sie sehr. Er sehnt sich danach, dass sie ihn anschaut. Niemand kann schauen wie sie. Alles, was sie ist, liegt in ihrem Blick. Er geht ans Werk, schleppt Steine zusammen, schichtet sie auf. Er legt Holz auf die Steine. Er hebt das Mädchen hoch. Es ist leicht, schwerelos fast, ein Lufthauch nur. Es atmet unter dem safranfarbenen Kleid. Ihre Blicke treffen sich einverständig. »Ich liebe Jahwe«, sagt sie, »weil sein Gesicht wie das deine ist.« Er lächelt und legt sie auf die Steine. Er zückt das goldene Messer. Das Messer ist aber sein schwarzer Kolbenfüller mit Goldfeder. Der Steinaltar ist ein Grabstein. Der Kolbenfüller ist ein Meißel. Er schlägt Buchstaben in den Stein. ELISABETH JA'ALA ALIENA IN TERRA SUB TERRA ALIENA.

Er erwacht vom Hämmern der Schläge. Sie tönen dumpf von unterhalb des Hauses. Wahrscheinlich arbeitet man wieder an der Straße. Er tastet nach dem Notizbuch, aber es liegt nicht auf dem Nachttisch. Wo hat er es abgelegt? Ach ja, im Arbeitszimmer. Er schaut zur Uhr. Eine halbe Stunde hat er geschlafen, und im Traum hat er gesehen, wie Jefta seine Tochter opfert. Das wird er notieren. Aber wie in den russischen Matrjoschka-Puppen, von denen er damals in Moskau zwei gekauft hat, steckt im Jefta ein anderer. Der andere ist er selbst. Und in Ja'ala steckt seine eigene Tochter. Das braucht er nicht zu notieren. Es ist in seine schwersten Träume eingemeißelt wie der Spruch auf ihrem Grabstein. Als Fremde in fremder Erde.

Begonnen hat alles im Theater. An das Stück kann er sich nicht mehr erinnern, aber er weiß noch genau, dass sie an jenem Abend im Theater gewesen waren, in diesem erregenden Geflecht aus großen Worten, verschwitzten Kostümen, Schminke, Farbe, schönen Schauspielerinnen, Lampen, Billeteuren, in das er vernarrt war und für das er die Sicherheit seines Elternhauses aufgekündigt hatte. Nach der Vorstellung gingen sie mit ein paar Freunden in eine Weinstube. Er trank wie stets kaum ein halbes Glas, doch Marta war bezaubernd beschwipst, als sie die Stiege zu seinem Mansardenzimmer hochkletterten. Im Treppenhaus roch es nach Bierdunst und Urin von der Kneipe im Erdgeschoss, aber das Zimmer war freundlich und sauber. Ein Schreibtisch, ein Bücherregal, zwei Stühle, ein Kleiderschrank. Und das große, weiße Bett. Sie kannten sich seit einem Jahr, und seit einigen Monaten schliefen sie miteinander. Vielleicht lag es an der Droge Theater oder an Martas Schwips, dass sie sich in dieser Nacht inbrünstiger, hemmungsloser und wilder liebten als je zuvor. Im Fenster leuchteten die verschneiten Dächer Münchens unter zunehmendem Mond.

Als sie ihm zwei Monate später eröffnete, schwanger zu sein, war er jedenfalls sicher, das Kind in jener Nacht gezeugt zu haben. Heirat war spießig, die Ehe eine Institution der immer fragwürdiger werdenden Bürgerlichkeit, ein Kerker der Liebe. Und würde ein Kind nicht seinem Werk im Wege stehen? War ein Kind nicht der Tod der Inspiration? Ein Kind, dem vielleicht weitere folgen würden? Eine Familie ernähren? Wie sollte man schreiben zwischen Säuglingsgebrüll und verschissenen Windeln? Wie die Mäuler stopfen? Er lebte dürftig von seinen wenig erfolgreichen Stücken und Theaterkritiken, die Honorare reichten kaum für die Hand im Mund, und dennoch machte er ihr einen Antrag. Immerhin liebte er sie sehr. Mit den Schauspielerinnen, die sich von ihm günstige Kritiken und womöglich eine Rolle versprachen, schlief er manchmal auch, vermerkte wie ein Buchhalter seiner unstillbaren Lust jede Vögelei in einem intimen Tagebuch. Auch Marta fand Einzug ins Tagebuch, und dennoch war mit ihr alles anders.

Er informierte seine Eltern. Sein Vater zog verächtlich die Augenbrauen hoch und schwieg. Seine Mutter verzog schmerzlich das Gesicht. Martas Vater wurde bei seinem Vater vorstellig. Sein Sohn Lion, sagte der Alte bitter, sei ein Lump und Nichtsnutz, ein Möchtegerndichter, und wenn Marta ihn partout heiraten wolle, sei sie keinen Deut besser. Das war sein väterlicher Segen. Im Mai heirateten sie auf dem Standesamt im Rathaus von Überlingen, weit genug von München entfernt, um die Schande notdürftig kaschieren zu können. Die Familien blieben der Zeremonie fern.

Als Hochzeitsreise brachen sie zu einer Bergwandertour in die Schweiz auf. Bergwandern war für eine Schwangere keine empfehlenswerte Tätigkeit, aber Marta, sportlich und durchtrainiert, bestand darauf.

Stimmt das eigentlich? Hat sie darauf bestanden? Hat er sie nicht dazu gedrängt? Oder sind sie sich einig gewesen? Das weiß er jetzt nicht mehr. Oder will er es nicht mehr wissen? Sie haben nie darüber gesprochen.

Er weiß aber noch, wie er sie in Lausanne ins Krankenhaus brachte und wie er im kahlen Warteraum den einzigen Wandschmuck anstarrte, einen Abreißkalender, 11. September 1912. Vor dem Kalender wartete er zwei Stunden, die ihm wie Jahre vorkamen, bis ein müder Arzt erschien und gratulierte. Ein Mädchen. Die Geburt sei leider sehr kompliziert gewesen. Marta bekam Kindbettfieber. Ein inkompetenter Arzt verschrieb eiskalte Bäder, die das Fieber nur weiter nach oben trieben. Sie bestand darauf, das Kind zu stillen, was angesichts des Fiebers für Mutter und Kind abträglich war. Marta schwebte in Lebensgefahr. Gegen seinen erklärten Widerstand und darauf gefasst, zu einer Doppelbeerdigung zu kommen, reisten ihre Eltern an, kümmerten sich um bessere Ernährung, besorgten ein Kindermädchen, sinnvolle, praktische Dinge, an die er selbst nie gedacht hätte und zu denen er unfähig war. Das räumte er sogar vor ihren Eltern ein. Mutter und Kind überlebten.

Zur Erholung fuhren sie an die italienische Riviera. In Pietra Ligure, einem Fischerdorf zwischen Imperia und Genua, mieteten sie ein weiß gekalktes Häuschen am Meer. Es war billig, aber feucht, die Betten waren klamm. Das Wasser aus dem Ziehbrunnen war braun und schmeckte brackig. Die einzige Feuerstelle zog schlecht, sodass ständig Rauch im Haus hing. Wie Opferrauch. Im November starb das Kind und wurde auf dem kleinen Friedhof beigesetzt. Die Inschrift auf dem Grabstein dachte er sich aus.

ELISABETH MARIANNE FEUCHTWANGER
ALIENA IN TERRA – SUB TERRA ALIENA

Marta trauerte stumm, gefasst, ohne Tränen. Seine Trauer wurde von einer unerklärlichen Erleichterung zerrissen. Er schämte sich für das Gefühl, verschwieg es ihr, verschweigt es bis zum heutigen Tag. Bevor sie Pietra Ligure verließen, stiegen sie über den Felsen, dem der Ort seinen Namen verdankt, zur byzantinischen Burg hinauf. Im mit Geröll und Steinschutt bedeckten Hof stand ein Baum – die Zeder, die er vorhin im Siestatraum wiedergesehen hat. Sie rasteten in ihrem Schatten. Martas sonnengebräunte Haut schimmerte durch die Bluse. Ihm schien, als sähe er sie zum ersten Mal. Er liebte sie, bedauerte sie um den Verlust des Kindes, sehnte sich danach, dass sie ihn anschauen und ihm das verschwiegene Gefühl der Erleichterung verzeihen möge, aber sie blickte nur wortlos und starr in Richtung Meer zum kleinen Friedhof. Er schichtete verlegen, geistesabwesend ein paar der herumliegenden Steinbrocken zusammen, bis sie plötzlich wie ein Opferaltar aussahen. Er erschrak und zerstreute die Steine mit einem hastigen Tritt.

Sie vagabundierten entlang der Küste bis nach Monaco, saßen in Cafés, badeten im Mittelmeer, gingen in die Oper. Bis in den Opernsaal drangen die Rufe der Croupiers. »Rien ne va plus!« Seine Spielleidenschaft brach auf wie eine schlecht verheilte Wunde. Im Casino spielten sie an getrennten Tischen. Er ging, wie immer, aufs Ganze und verlor. Sie spielte klug und gewann einen Teil dessen zurück, was er verspielte. Sie zogen weiter nach Nizza. Als das Geld ausging, versetzten sie ihre Uhren, Martas Schmuck und die Eheringe. »Wir brauchen keine Ringe, um uns zu lieben«, sagte er, ging ins Casino, verspielte alles, lieh sich telegrafisch in München Geld zu horrenden Zinsen.

Im Hotel arbeitete er an Artikeln und Reisefeuilletons. Sie sagte, sie fühle sich krank, wolle einen Arzt in Monaco aufsuchen, und fuhr mit dem Zug. Er ging zum Mittagessen an den Hafen, ließ sich von einer Hure ansprechen, folgte ihr in ein schäbiges Hotelzimmer, gab ihr, obwohl er den Preis unverschämt fand, ein paar Centimes mehr, als sie verlangte, ging zurück ins Hotel, notierte im intimen Tagebuch: *Sehr junge Hafenhure. Fad gevögelt. Unanständiger Preis.* Dann legte er sich im Hotel zu einer späten Siesta. Anschließend beendete er ein ironisches Feuilleton fürs Berliner Tageblatt über eine verunglückte *Parsifal*-Aufführung in Monte Carlo. *Was als pikantes Stimulans hätte wirken sollen,* schrieb er in Gedanken an die Hure, *ward durch die Unzulänglichkeit der Mittel in ein tristes Kirchenkonzert verwandelt, das weder pathetisch noch frivol, sondern schlechthin langweilig wirkte und nach dessen Wiederholung es wohl niemanden gelüsten wird.* Er ergötzte sich an der Formulierung und an seiner Fähigkeit, sein wirkliches Leben in Literatur zu versenken.

Als Marta abends zurückkam, war ihr ganzer Körper rot angelaufen. Sie stöhnte vor Schmerzen, wälzte sich schlaflos im Bett. Auf seine hilflosen, besorgten Fragen antwortete sie ausweichend, bat ihn, Schlaftabletten zu beschaffen. Er fand nach langem Suchen eine Nachtapotheke. Dann schlief sie unruhig. Am nächsten Morgen ging es ihr immer noch sehr schlecht, aber sie wollte keinen Arzt sehen. Als er insistierte, rückte sie mit der Wahrheit heraus. Sie war nicht krank, sondern erneut schwanger geworden. Zu früh, viel zu früh. Nach der heiklen Geburt der Tochter hatten die Ärzte sie eindringlich gewarnt, mit einer Schwangerschaft mindestens drei Jahre zu warten. Sie war ins Casino gegangen, hatte aus fünf Francs fünfzig gemacht, hatte sich in einer Apotheke nach einer Hebamme erkundigt und hinter vorgehaltener Hand eine Adresse bekommen. Alles war schmutzig, düster, gespenstisch. Die Hebamme sah wie eine Hexe aus, tat, was zu tun war. Martas Körper brannte wie Feuer; vielleicht war es eine Infektion, vielleicht eine allergische Reaktion auf das Jod, mit der die Hebamme gearbeitet hatte. Er war entsetzt, kümmerte sich ehrlich bemüht, linkisch und tölpelhaft um sie. Er bewunderte ihren Mut und ihre Entschlossenheit und war über das, was sie getan hatte, ungeheuer erleichtert.

Nach drei Tagen ging es Marta besser. Sie packten ihre Rucksäcke und wanderten zurück nach Pietra Ligure, fanden ein besseres Haus, legten Blumen aufs Grab. Als Fremde in fremder Erde. So stand es auf dem Stein. Und nun stand da unsichtbar noch ein Name, der niemals gegeben worden war.

Und so steht es in seiner Erinnerung. Unverrückbar. So steht es auch in unsichtbarer Schrift in manchen seiner Bücher. Schon die Tochter des Jud Süß – ein Opfer des maßlosen Ehrgeizes ihres Vaters. Desgleichen Rachel, die Tochter des Juden von Toledo. Und in *Narrenweisheit* all die ungeborenen Kinder des Jean-Jacques Rousseau, die lediglich in dessen Fantasie existiert hatten. Simone, die sich opfert, um den Vormarsch der Deutschen in Frankreich aufzuhalten, und an die Kollaboration verraten wird. In *Wahn oder Der Teufel in Boston* die Tochter des Pastors, die von den Fanatikern manipuliert wird, falsche Aussagen vorm Hexentribunal vorzubringen. All diese geopferten Töchter? Vielleicht ist sein Schreiben immer nur Abbitte gewesen für etwas, das im Leben nie gutzumachen ist? Was wirklich geschehen ist, wissen nur Marta und er, und niemand sonst muss es erfahren. Gesprochen haben sie nie mehr darüber, nicht über Elisabeth Marianne in ihrem kleinen Grab in Pietra Ligure und erst recht nicht über die Abtreibung in Monaco. Aber wenn Marta von den geopferten Töchtern las, die durch seine Bücher spuken, wusste sie sehr wohl, woher diese Geister kamen und welche Macht sie heraufbeschwor. Vielleicht weiß sie es sogar besser als er selbst.

Rührt daher die quälende, im Alter wachsende Ahnung, dass sich das Leben in der Literatur nicht ausspricht, sondern verbirgt? Erst muss etwas geschehen, dann muss man das Geschehene verstehen, jahrelang kann das dauern, ein Leben. Danach muss man urteilen, dem Erlebten gnädig sein und verzeihen, sich schließlich davon entfernen, Distanz finden, zurückgehen bis in die Tiefen der Geschichte. Erst dann beginnt das Thema wahr zu werden und zu leben. Die Inkubation lässt sich nicht abkürzen. Man kann sein Werk erst schreiben, wenn das Thema reif ist. Das Kind brauchte neun Monate, um fertig für die Welt zu sein, und durfte nicht bleiben. Ein Buch braucht manchmal ein ganzes Leben, bis es sich ereignet. Und dann bleibt es. Narrenweisheiten? Oder die Rettung des Unwiederbringlichen im unvergänglichen Wort?

Und deshalb jetzt endlich das Buch des Jefta, der seine Tochter opfert, um sein Werk zu retten? Als die Entscheidungsschlacht verloren zu gehen droht, gelobt Jefta, dem Gott Israels das erste Wesen zu opfern, das ihm bei seiner Heimkehr begegnet. Er gewinnt die Schlacht, kehrt im Triumph heim – und wer kommt ihm entgegen? Kein Schaf, kein Hund, kein Sklave, sondern Ja'ala, seine über alles geliebte Tochter. Er baut den Altar, zückt das Messer, erfüllt sein Gelübde.

— 7 —

Benommen und barfuß schlurft er hinüber ins Arbeitszimmer, setzt sich an den Schreibtisch, nimmt ein Blatt Papier, greift zum Bleistift, um als Stenogramm festzuhalten, was Traum und Erinnerung ihm zugetragen haben. Wie Jefta mit seiner Tochter den Berg mit der Zeder ersteigt, wie er den Altar baut. Er zögert. Im Traum hat sich das Opfermesser verwandelt in den Füller mit Goldfeder, mit dem er Briefe, von der Sekretärin getippt, Schecks und Verträge unterzeichnet und manchmal auch persönliche Briefe und Billets schreibt, von denen die Sekretärin nicht unbedingt wissen muss. Er legt den Bleistift beiseite, schraubt umständlich die Füllerkappe auf, gibt sich einen Ruck.

Er sah ihre Augen, und sie sah seine Augen. Er legte sie auf die Steine. Dann tat er ihr nach seinem Gelübde.

Er schiebt sich die Brille auf die Stirn, reibt sich die Augen, sieht im Fenster den blauen Spiegel des Stillen Ozeans blinken. Ein Lächeln von nirgendwo. Er schreibt.

Ihr Name wird genannt werden wieder und wieder, und wer wüsste nicht, dass es der Toten vergönnt ist, zu sein, wo immer ihr Name genannt wird? Und je inniger ihr Name genannt wird, umso mehr ist sie da. Sie schloss die Augen, auf dass sie den Gott sehe, in den sie eingehen sollte. Er trug die Züge des Vaters, er hatte dessen massiges Gesicht. Sie fühlte, wie der Gott in sie einzog.

Die Worte fallen ihm schwer. Sätze, die das Kind retten sollen, Abbitten, die seine eigene Rettung bedeuten, ihn freisprechen. Zweifelhafte Sätze. Er hebt den Füller vom Papier.

Es fängt damit an, denkt er, dass man versucht, Schönes zu schreiben. Später will man Großes schreiben. Noch später Gewaltiges, Moralisches, politisch Wirksames. Aber irgendwann, jetzt, kommt der Moment, da man nur noch das Wahre schreiben mag, und dann muss man feststellen, dass man die Wahrheit nicht kennt. So schrecklich ist das. So schrecklich einfach ist das. Immer aber schreibt man, weil man geliebt werden will. Trotz aller Klarheit, aller Vernunft, trotz aller guten Absichten – in seinem Schreiben ist auch viel Koketterie gewesen, Eitelkeit, Jagd nach Anerkennung, Geld, Liebe, und schließlich ist ihm das Schreiben zu Heimat und Unterschlupf geworden. Manches, was er geschrieben hat, haben ihm die Umstände abgezwungen, der Weltlauf, die Politik und die Katastrophen der Zeit. Wenn Terror herrscht und Völker auf den Schlachtfeldern verrecken, wenn Millionen wie Vieh in Zügen abtransportiert werden, um in den Gaskammern zu krepieren, wenn Städte in Schutt und Asche gebombt oder mit einer einzigen Atombombe pulverisiert werden, dann muss man sich dem stellen, dann hat man keine Wahl. Gewiss, er hat immer an den Sieg der Vernunft und der Wahrheit über Dummheit und Lüge geglaubt, hat die Wirkung des Worts für mächtiger gehalten als die Gewalt von Maschinengewehren. Vernunft ist die Glut, die er unter den Aschen der Geschichte anfacht, aber in seinem Inneren brennt wie eine nie verheilende Wunde auch etwas anderes. Vielleicht schreibt er nur deshalb, weil ihm im Leben etwas fehlt, etwas, das sich nicht eindeutig bestimmen lässt, das er aber in immer neuen Anläufen umkreist. In der Terminologie Freuds, die ihm im Übrigen nicht sehr behagt, würde man es vielleicht als Trauma bezeichnen. Gewiss auch, wenn er jetzt die Geschichte Jeftas erzählt, des Verbannten, ins Exil Gejagten, der zum Einiger Israels wird, erzählt er Historie, überliefert im Buch der Richter. Und Arnold Zweig hat recht mit seiner Vermutung, dass sich darin auch die blutige Gegenwart Israels und Palästinas spiegelt. Auch das ist die Glut unter der Asche. Aber die Wunde hat einen Namen. Ja'ala ist nur eine Maske. Die Wahrheit steht auf dem Grabstein in Pietra Ligure.

Die Tinte auf der Goldfeder ist angetrocknet. Er zieht unsichtbare Striche übers Papier, bis das schwarze Blut wieder fließt.

Ohne meinen Vater bin ich nichts. Wenn ich in seinen Plänen bin, dann bin ich ein Teil von ihm.

Es ist nie gutzumachen, aber er weiß jetzt, dass er Wort und Ton für ihr Schicksal finden wird. Es wird ein archaischer, biblischer Ton sein, wie in Stein gemeißelt, aufbewahrt für alle Zeit. Man muss spüren, dass die Probleme dieser Menschen, so fremd sie zu sein scheinen, die gleichen sind, die den Autor ebenso wie die Leser bewegen. Und deren Kinder.

Ja, deren Kinder, murmelt er vor sich hin und schraubt den Füller zu. Sein Blick fällt auf den Kondolenzbrief an Helli. *Brecht war mir trotz aller Gegensätzlichkeiten sehr nahe, und wiewohl er in privaten Dingen scheu war –*

Scheu in privaten Dingen? Die Frauen waren doch verrückt nach ihm. Wenn er auf den wilden Partys in München mit untergeschlagenen Beinen auf dem Fußboden saß, die Gitarre im Schoß, und seine wüsten und zärtlichen Balladen krächzte, war so manche einer Ohnmacht nah. Er musste sie gar nicht erobern, sie liefen ihm nach, fielen ihm zu. Schauspielerinnen, die Rollen von ihm wollten, und kultivierte höhere Töchter, die von seiner scheinbaren Vulgarität fasziniert waren, von seinem animalischen Blick, von seinen herrlich obszönen Songs. Er hat ihnen gegeben, was sie von ihm wollten, hat keine von der Bettkante gestoßen, hat es ihnen kräftig besorgt, hat unverdrossen Kinder gezeugt, eheliche und uneheliche, geborene und ungeborene. Auf die Idee, dass Kinder seinem Werk im Wege stehen könnten, wäre er nie gekommen. In der Hinsicht war er völlig unkompliziert. Allerdings haben seine Frauen auch alles getan, damit die Kinder ihm nicht im Weg standen. Die Frauen haben sich für ihn geopfert. Wie viele Kinder hatte er eigentlich? Schon mit zwanzig hat er seine Jugendliebe Paula geschwängert. Ein Sohn. Mit Marianne Zoff hatte er eine Tochter. Mit Helli einen Sohn und eine Tochter. Das macht vier. Und dann vielleicht noch einige, von denen er gar nichts wusste. Und einige, die ungeboren blieben.

Einmal wurde eine junge, sehr hübsche und etwas naive Schauspielerin in der Georgenstraße vorstellig. Marta war misstrauisch. Die Frau war ihr schon auf einigen Partys aufgefallen, wo sie sich an Brecht herangeschmissen hatte. Offenbar wollte sie nun auch ihren Lion um eine Rolle angehen und dabei alles in die Waagschale werfen, was sie zu bieten hatte. Sie hockte schüchtern auf der Stuhlkante, wedelte sich mit einem Fächer Luft in die Abgründe ihres Ausschnitts, kam aber nach ein paar Höflichkeitsfloskeln tapfer zur Sache. Sie sei nämlich schwanger. Vom Herrn Brecht. Und ob der Herr Doktor ihr einen Rat geben könne, was sie nun tun solle?

Feuchtwanger unterdrückte ein Grinsen. »Ich bin kein Gynäkologe«, sagte er, «sondern Schriftsteller. Was könnte ich Ihnen da raten?«

Die Schauspielerin errötete und befächelte heftiger ihren Busen. »Ich dachte«, stammelte sie, »ich meine, Sie haben doch Einfluss auf den Herrn Brecht.«

»Aber nicht in derlei privaten Dingen«, sagte er. »Da ist Herr Brecht eher scheu. Ich denke, Sie sprechen besser mit meiner Frau.«

Marta gab ihr die Adresse einer zuverlässigen, diskreten Hebamme.

Am nächsten Tag kam Brecht, um mit ihm weiter am *Leben Eduards des Zweiten* zu arbeiten, einem Stoff, den er bei Marlowe gefunden hatte. Als Feuchtwanger vom Auftritt der schwangeren Schauspielerin erzählte, wurde Brecht blass, kniff die Lippen zusammen, schwieg.

»Interessiert Sie das gar nicht?«, fragte Feuchtwanger.

Brecht zuckte mit den Schultern. »Das Stück interessiert mich jedenfalls mehr«, knurrte er.

»Hören Sie, Brecht«, sagte Feuchtwanger streng. »Darf ich Ihnen mal eine ganz dumme Frage stellen?«

»Sie sind zwar zum Glück nicht mein Vater«, sagte er nonchalant, »aber wenn's sein muss, bitte sehr.«

Die Bemerkung, nicht Brechts Vater zu sein, ärgerte Feuchtwanger maßlos. Er räusperte sich. »Müssen Sie eigentlich dauernd Kinder machen?«

»Eine ganz dumme Antwort, Herr Doktor«, grinste Brecht. »Ja.«

Feuchtwanger starrte ihn einen Moment ungläubig an. Dann brachen beide in Gelächter aus.

»Bei dieser Dame«, sagte Feuchtwanger schließlich, »verstehe ich Sie trotzdem nicht.«

»Was gibt es da zu verstehen? Sie wissen doch, wie das geht«, sagte Brecht.

»Die Dame ist blond.«

»Ja, und?«

»Ich dachte, Sie mögen keine Blondinen.«

Zwei Jahre später kam Brecht, dem abgebrochenen Medizinstudenten, zu Ohren, dass die blonde Schauspielerin nach erfolgreicher Intervention der Hebamme ausgerechnet einen Arzt geheiratet hatte. »Man könnte vielleicht ein Stück draus machen«, schlug er vor.

Feuchtwanger lehnte ab.

Er spürt eine sanfte Berührung an der Wade. Eine der Katzen streicht ihm schmeichelnd um die Beine. Er bückt sich, krault sie hinter den Ohren. Sie springt ihm auf den Schoß, reibt sich schnurrend an seinem Bauch. Er weiß, dass sie nur um Futter bettelt, aber er genießt ihre weiche Anschmiegsamkeit. So war das auch mit der

Fleißer, denkt er lächelnd, Marieluise Fleißer aus Ingolstadt. Die wollte auch etwas von ihm, hat sich ihm gleich auf den Schoß gesetzt. War weich und warm. Und blond war sie auch. Bei der hat das den Brecht auch nicht gestört, am Anfang jedenfalls nicht.

Eine rauschende Faschingsgesellschaft in München, im Saal hinter Steineckes Buchhandlung. Marta erschien mit nichts als einem mit Silberplättchen dekorierten Schal, den sie aus Tunis mitgebracht hatte, und zog die Männer an wie Motten das Licht. Feuchtwanger hatte sich als Scheich verkleidet. Brecht kam unverkleidet als Brecht, wirkte dämonischer, animalischer denn je. Schriftsteller und Künstler, Arrivierte und Möchtegerns, Schauspielerinnen, Theaterleute, Revuegirls. Eine bayerische Blaskapelle spielte im Wechsel mit einer Jazzband zum Tanz. Er hatte schon sein halbes Glas Wein getrunken, überlegte, ob er ein zweites riskieren sollte, plauderte angeregt mit Ringelnatz, als plötzlich die Frau auf seinem Schoß saß und ihm die Hände auf die Schultern legte. Er hatte sie vorher gar nicht bemerkt. Jetzt drückte sie sich an ihn, sehr gut gebaut, sehr weiße Haut, wasserblaue Augen und sehr blond. Eine Sumpfblume, dachte er, eigentlich gar nicht mein Genre, und strich ihr über den Hintern.

»Sie sind doch der Lion Feuchtwanger, nicht wahr?«, flötete sie ihm ins Ohr. »Der berühmte Dichter? Ich habe Sie gleich erkannt, weil ich Ihr Foto in den Zeitungen gesehen habe.«

Er lächelte geschmeichelt, strich über dralle Oberschenkel.

»Ich schreibe auch«, sagte sie. »Gedichte.«

Er zuckte zurück. Noch eine. Er wusste, was kommen würde, und es kam. Ob sie ihm, bitte, bitte, ihre Gedichte zu lesen geben dürfe? Ein Wort von ihm wäre so ungeheuer wichtig für sie. Ihre Lippen waren rosa geschminkt. Er wollte sie abwimmeln, als plötzlich Marta vor ihnen stand.

»Darf ich Ihnen meine Frau vorstellen?«, sagte er hölzern.

Die Sumpfblume sprang auf und wollte im Trubel untertauchen, aber Marta zog sie zum Tresen, wo beide angeregt miteinander plauderten.

Drei Tage später stand sie, von Marta ermutigt und sozusagen legitimiert, vor der Tür, unterm Arm ihre gesammelten Werke in einer blassblauen Leinenmappe. Die Gedichte waren entsetzlich, pseudoromantisch, kitschtriefend, mühsam gereimt, unerträglich süßlich. Er verzog das Gesicht, als sie eins vorlas, in dem es um ihren kleinen Zeh ging, den sie ins eilige Wasser eines Bächleins hält. Sie las bebend, gerührt von sich selbst, den hochroten Kopf übers Papier gebeugt.

Er hätte ihr gern freundschaftlich, väterlich und ganz vorsichtig das Papier aus den Händchen gelöst und gesagt: Seien Sie ja vorsichtig, mein Kind, mit dem schönen weißen Papier. Es ist ein gefährliches Instrument, an dem man sich sogar schneiden kann.

Als sie mit ihrem Vortrag fertig war und ihn aus wasserblauen Augen ängstlich und hoffnungsvoll ansah, schüttelte er den Kopf. »Das ist nicht gut«, sagte er brutal. »So geht es nicht. Aber ich kann Ihnen nicht raten. Es würde Ihnen nichts helfen, wenn Sie meine

Sachen läsen. Das ist nicht Ihr Genre. Haben Sie schon einmal etwas von Brecht gelesen? Nein? Dann lesen Sie Brecht. Der schreibt nämlich Gedichte, an denen Sie lernen können, was man mit der deutschen Sprache machen kann. Gehen Sie zu Brecht. Sagen Sie ihm, dass ich Sie geschickt habe.«

Sie las etwas von Brecht. Sie ging zu Brecht. Sie verfiel Brecht auf der Stelle, wurde ihm hörig wie eine Sklavin. Er mochte keine Blondinen, und die Fleißer war blond, blass und farblos, hatte aber einen fabelhaften Körper. Und sie hatte Talent, nicht als Lyrikerin, aber als Dramatikerin, und Brecht kitzelte dies Talent aus ihr heraus. Er sorgte dafür, dass ihr Stück in Berlin aufgeführt wurde, sie bekam einen Preis für das Stück, und sie zahlte Brecht dafür mit ihrem Körper. Zwischendurch erschien sie bei Feuchtwangers, klagte ihr Leid, dass Brecht sie ausnutze, ließ sich trösten, legte sich anschließend wieder zu Brecht ins weiße Bett, bis Brecht sie nicht mehr ertragen konnte. Und Brechts Frau Marianne ertrug es schon lange nicht mehr.

Die Katze schnurrt lauter. Er krault ihr den Rücken. Der Pulverdampf der großen Passionen hat sich verzogen, die Eifersuchtsszenen sind nur noch Schatten der Erinnerung, so wie sich an langen Sommerabenden die Dämmerung einstellt. Sie löst alles auf. Er lächelt und fragt sich, wozu dann das alles, wenn es jetzt nicht einmal mehr schmerzt? Allein in diesem großen, für ein einzelnes, kinderloses Paar viel zu großen Haus versteht er plötzlich, dass die versickerte Leidenschaft der treibende Strom seines Lebens war. Diese sinnlose Kraft hat das ganze Getriebe bewegt, das große Rad gedreht. Deshalb war er tapfer und ängstlich, deshalb auch, vielleicht nur deshalb, war er schöpferisch, seiner Arbeit verfallen wie kaum einer Frau. Man schreibt, denkt er, weil man geliebt werden will. Das ist alles. Jetzt ist die Leidenschaft sinnlos geworden, die Seitensprünge sind verweht und verziehen, alles ist verflossen. Aber er hat es alles erlebt, die Liebe und den Hass, die Vernunft und den Wahnsinn, und während die Welt in Hoffnungslosigkeit und Völkermord versank, hat er nie den Optimismus verloren und schafft und gestaltet immer noch. Die Arbeit wartet, Jefta und seine Tochter warten. Er hat noch zu tun.

Inzwischen streicht ihm auch die graue Katze um die Beine. Die rotblond getigerte Katze auf seinem Schoß zupft mit den Krallen zaghaft und fordernd zugleich an seinem Hemdsärmel. Er greift nach dem Zettel mit Martas Instruktionen. *Nachmittags Katzen (Dosen in Speisekammer) und Schildkröten (Salat im Kühlschrank) füttern.* Ja doch, gewiss. Wenn er es auch nicht fertigbringt, sich selbst zu füttern, wird er wohl immerhin die Tiere versorgen können. Er geht nach unten in die Küche. Die Rotblonde läuft voraus, die Graue folgt ihm auf dem Fuße. Er nimmt die Dose mit Futter aus der Speisekammer. Und wo ist ein Dosenöffner? Er schaut in verschiedene Schubladen, findet das Gesuchte. Beim Öffnen der Dose rutscht der Öffner ab. Der Schnitt im Finger läuft rot an, blutet aber nicht. Das Futter riecht unangenehm süßlich. Er füllt die beiden Näpfe, stellt sie auf die Bodenfliesen, setzt sich auf einen Küchenstuhl und beobachtet die gierig schlingenden Katzen.

In seinem amerikanischen Liederbuch *PEP*, das er in den Zwanzigerjahren unter dem Pseudonym J. L. Wetcheek veröffentlicht hat, gibt es die Ballade *Hunger und Liebe*. Es geht da um ein Experiment der Verhaltensforschung. Sechs männliche Käfigratten werden durch elektrisch geladene Platten daran gehindert, zum Futter und zu den Weibchen zu gelangen. Nach 72 Stunden Hunger und Liebensentzug geht nur eins von den Männchen zum Weibchen, während fünf den Elektroschock hinnehmen, um zum Futter zu kommen. Das Experiment wird umgekehrt, indem man sechs Weibchen von Futter und Männchen trennt. Von denen gehen nach 72 Stunden fünf den Weg zur Minne und nur eins zur Nahrung.

Er fand das Resultat lehrreich, während Marta es abgeschmackt nannte und vermutete, er habe es sich ausgedacht. Wenn er jetzt darüber nachdenkt, weiß er nicht mehr, ob er von dem Experiment gelesen oder ob er es frei erfunden hat. Hatte Brecht eigentlich Katzen? Er kann sich nicht erinnern. Mit der Inspiration, hat er einmal zu Brecht gesagt, verhalte es sich wie mit einer Katze: Sie kommt nicht, wenn man sie ruft, sondern sie kommt, wenn es ihr passt. Brecht fand den Vergleich schief, weil er Inspiration und Intuition für bürgerliches Geniegefasel hielt. Die Kunst war für ihn Versuch und Irrtum, permanentes Experiment und ständige Veränderung. Arbeit. In der Hinsicht war er puritanisch, liebte die Arbeit fast mehr als die Frauen.

Nein, Brecht hatte wohl keine Katzen. Oder wenn, dann haben Helli und die Kinder sie gefüttert. Ihr Mann und Vater hatte Wichtigeres zu tun. Erst kommt das

Fressen, dann kommt die Moral. Das hatte der Brecht ja sehr schön gesagt. Aber für ihn selbst lautete der Satz manchmal so: Erst kommt die Arbeit, dann das Fressen, dann die Vögelei, manchmal auch in umgekehrter Reihenfolge – und Moral ist eine bourgeoise Tugend. Zum Beispiel die überaus peinliche Sache mit Barbara und dem roten Kleid.

Das war zu der Zeit, als Brecht plötzlich mit der fixen Idee schwanger ging, das Kommunistische Manifest in Verse fassen zu wollen, in Hexameter ausgerechnet. Man saß in Malibu bei Hanns Eisler auf der Terrasse.

Abgesehen von der propagandistischen Wirkung, meinte Brecht, sei das Manifest doch eine großartige Sache. Die deutschen Arbeiter würden dies enorme Dokument kaum noch kennen. »Wenn wir zurückkommen, wird es schwierig sein, das Manifest neu zu erklären. Wenn man da nun eine entsprechende großartige Kunstform fände!«

Eisler lachte. »Sei doch froh, wenn die Leutchen es in Prosa lesen und verstehen.«

»Der Hexameter ist eine sehr alte, hohe Kunstform«, wandte Feuchtwanger behutsam ein, »angemessen bei Homer, meinetwegen auch noch bei Goethe, aber in *Ihrer* Diktion dürfte –«

»Wenn Homer oder Horaz banalste Gedanken und trivialste Gefühle ausdrücken, klingt das herrlich«, blieb Brecht stur. »Das kommt, weil sie in Marmor gearbeitet haben. Wir heute arbeiten in Scheiße.«

»Der Hexameter ist aber kein Marmor, sondern ein Versmaß, das selbst Goethe zu allerlei Verrenkungen gezwungen hat, wenn auch auf höchstem Niveau. Die Verdammten dieser Erde werden sich bedanken, Brecht. Sie machen die Sache nicht klarer, Sie ästhetisieren sie nur. Vergessen Sie's.«

»Es kommt drauf an, was man draus macht«, sagte Brecht heftig. »Was *ich* draus mache.«

»Da läufst du in die Formalismusfalle«, meinte Eisler besänftigend. »Das wird doch unfreiwillig komisch klingen, wenn man sagt: Dánn ergríff mit éiserner Hánd die Boúrgeoisié –« Der Rest ging in Feuchtwangers etwas albernem Kichern unter.

Der wütende Brecht zog ein Notizbuch aus der Tasche und las verkrampft einige Zeilen zur Probe vor. Feuchtwanger biss sich auf die Lippen, um nicht losplatzen zu müssen. Eisler hielt sich die Hände vors Gesicht.

»Was immer du schreibst«, sagte Eisler sanft, als Brecht triumphierend aufsah, »bewundere ich sehr. Aber du schreibst nicht, was du zu schreiben glaubst. Du schreibst eine Art Hexameter-Jazz, vielleicht gar keine schlechte Idee. Manchmal sind es aber auch jambische Formen. Kurz und gut, die strenge Form hast du nicht drauf.«

»Was sagen Sie, Doktor?« Brecht kochte vor Wut.

»Also Hexameter sind das jedenfalls nicht.«

»Ein Hexameter geht nämlich so«, sagte Eisler. »Singe, Göttin, den Zorn des Peleiaden Achilleus, / Der zum Verhängnis unendliche Leiden schuf den Achaiern.«

Brecht lief rot an, und als Feuchtwanger die Zeilen auch noch fließend, mit übertriebener Betonung des Versmaßes, auf Griechisch rezitierte, geriet er völlig außer sich, beschimpfte seine Freunde so unflätig, als seien sie die personifizierten Klassenfeinde. Feuchtwanger fürchtete, dass der herzkranke Brecht sich einem Infarkt entgegenwütete.

Als sie über die Küstenstraße zurückfuhren, sagte Brecht kein Wort, starrte finster auf die Straße und umklammerte das Lenkrad so fest, dass seine Handknöchel weiß anliefen, so weiß wie der Brandungsschaum, der sich über die Strände ergoss. Feuchtwanger wusste, wie es in Brecht arbeitete und brannte, und er wusste auch, wie sich der Freund besänftigen ließ.

»Kennen Sie eigentlich das Roxy in Venice?«, fragte Feuchtwanger beiläufig.

»Was soll das sein?«

»Ein Club. Für Herren. Aber mit Damen.«

»Ein Puff?«

»Die Amerikaner sagen Club dazu. Klingt besser, finde ich.«

»Ich habe kein Geld für Nutten«, sagte Brecht.

»Sie sind natürlich eingeladen«, sagte Feuchtwanger.

Der Besuch im Roxy entspannte Brecht so sehr, dass er auf der Heimfahrt Ideen zu einem Stück entwickelte, das in einer amerikanischen Mittelklassefamilie und im Bordell spielen sollte. Durch die Vergötzung des Geldes hafte in Amerika allem Verkehr von Mensch zu Mensch etwas Unedles, Infames, Würdeloses an, eine Degeneration, die sich sogar auf die Wohnverhältnisse und die Landschaft erstrecke. Das Geld beherrsche alle Familienverhältnisse, aber eben auch Liebe und Sexualität wie das Verb die Sprache. Allein schon die Bedeutung des Worts *to sell*! Es bedeute eigentlich nur, in jemandem ein unwiderstehliches Bedürfnis nach etwas zu erzeugen, was man gerade weggeben wolle. Mit dieser Logik könne ein Mann sagen, er habe seiner Frau am Samstag sein Sperma verkauft. Mit der gleichen Logik verkauften die Machthaber dem Volk aber auch Kriege, indem sie das Volk überzeugen, Krieg sei ein Bedürfnis. Das Geld sei jedenfalls nicht mehr nur Symbol des Besitzens, sondern zum eigentlichen Treibstoff der Liebe geworden, was Liebende hierzulande nicht einmal mehr als frivol empfänden. Ohne Geld keine rechte Potenz und keine wahre Hingabe. Amerika habe die Idee der platonischen Liebe endgültig als Lüge entlarvt; platonische Liebe sei wie ein vegetarischer Tiger, dic Liebe jedoch eine wilde Interessengemeinschaft. Wer liebe, müsse zahlen. Wer nicht zahle, liebe nicht gut.

Feuchtwanger hörte schweigend zu, schüttelte manchmal den Kopf, nickte gelegentlich, verstand aber nicht recht, worauf Brecht eigentlich hinauswollte. Als sie sich Santa Monica nährten, wo Brecht in der 26. Straße wohnte, unterbrach Feuchtwanger seinen Redestrom. »Ich denke, wir wechseln lieber das Thema. Unsere Frauen dürfte das kaum interessieren.«

Brecht schaute missmutig aus dem Fenster auf die Villen im mexikanischen oder englischen Stil mit Türmchen, Erkern, Veranden. »Ich habe mir diesen Ort nicht ausgewählt«, sagte er. »Aber die Welt hungert und liegt in Trümmern. Wie kann man sich beklagen, dass man hier sitzt? All diese Villen sind auch nur aus dem gleichen Stoff gebaut wie die Ruinen drüben, als hätte derselbe böse Wind, der unsere Städte niedergerissen hat, allen Staub und Schmutz zu diesen Villen zusammengewirbelt. Los Angeles ist eine würdelose Stadt.«

»Mir kommt Los Angeles gar nicht wie eine Stadt vor, sondern wie ein paar Dutzend Vorstädte, die versuchen, eine Stadt zu sein«, sagte Feuchtwanger.

»Das ist gut«, sagte Brecht.

Feuchtwanger lächelte. »Leider nicht von mir.«

»Umso besser«, sagte Brecht.

Brechts Undankbarkeit gegenüber Amerika war seinem Misserfolg und seinem Heimweh geschuldet – und war unerträglich. Er wohnte in einem schlichten Clapboardhouse, weiß gestrichen, zwei Stockwerke, und mit fast 50 Jahren für kalifornische Verhältnisse sehr alt. Ein typisches Mittelklassehaus. Im Garten gab es alten Baumbestand, Pfeffer- und Feigenbäume, Zitronen, Orangen. In den Abenddämmerungen wirkte alles überaus freundlich, romantisch fast. Brecht behauptete zwar, das Haus nur wegen der billigen Hypothek gekauft zu haben, aber Helli sagte, es gefalle ihm viel besser, als er zuzugeben bereit sei.

»Was wollen Sie eigentlich, Brecht?«, sagte Feuchtwanger. »Säßen Sie jetzt lieber in Moskau, wo man unzuverlässige Kantonisten wie Sie und mich vermutlich längst an die Wand gestellt hätte? Die Leute hier sind doch sehr freundlich, trotz McCarthy und alledem.«

»Zugegeben«, sagte er, »unsere Nachbarn sind freundlich und schnüffeln nicht. Sie sehen eine Frau, die Haus und Garten in Ordnung hält, einen Mann an der Schreibmaschine, und wenn die Polizei sich nach uns erkundigt, sagen sie, wir seien *hard working people*. Sie bekommen Feigen aus unserem Garten und schenken uns Kuchen. Sie haben auch nicht das verkniffene neurotische Wesen der deutschen Kleinbürger, sind weder unterwürfig noch überheblich. Sie keifen auch nicht, leben und lassen leben.«

»Na also«, sagte Feuchtwanger. »Dann hören Sie doch endlich mal auf, das Haar in der Suppe zu suchen.«

Brecht sah ihn von der Seite an und lächelte maliziös. »Leider haben all diese netten Leute etwas Leeres und Bedeutungsloses an sich. Wie Charaktere oberflächlicher und gefälliger Romanschreiber.«

Das galt Feuchtwanger und war die Retourkutsche für seine Kritik an Brechts missglückten Hexametern. Und der Dank für die Einladung ins Roxy. Feuchtwanger lächelte nachsichtig.

Mit Marta hatte er verabredet, ihn bei Brechts abzuholen. Ihr Wagen stand schon vorm Haus. Als Brecht in die Einfahrt fuhr, stand seine dreizehn- oder vierzehnjährige Tochter Barbara in der Haustür. Sie lehnte mit der linken Schulter am Türrahmen, hob grüßend die rechte Hand und lächelte ihrem Vater und Feuchtwanger entgegen. Sie trug ein dunkelrotes Kleid, ärmellos, am Hals dezent ausgeschnitten.

Statt ihren Gruß zu erwidern, herrschte Brecht sie an: »Was drückst du dich hier herum wie eine Hure? Geh sofort rein und zieh dies unmögliche rote Kleid aus!«

Barbara zuckte zusammen, als wäre sie geschlagen worden, und rannte ins Haus.

Auch Feuchtwanger hatte sich erschrocken. »Jetzt hören Sie aber mal zu, Brecht, so können Sie doch nicht mit Ihrer Tochter umgehen«, sagte er empört.

»Kümmern Sie sich um Ihren eigenen Kram. Ist es Ihr Kind oder meins?«, sagte Brecht mürrisch.

Arschloch, dachte Feuchtwanger, schüttelte aber nur den Kopf.

Das Kleid, erzählte Marta später, hatte das Kind erst am Nachmittag bei einem Einkaufsbummel mit seiner Mutter und Marta bekommen. Besonders Marta hatte zugeraten. Das Kleid stehe Barbara, als sei es für sie entworfen worden. Einfach reizend. Und Barbara war sehr stolz auf das Kleid.

Am Abend dieses Tags vermerkte er im intimen Tagebuch: *Mit B. im R., recht nett. B. meint, man müsse genauer über Kapitalismus und Vögeln nachdenken.*

Die Katzen lecken die Futterreste aus den Näpfen. Metall schrammt über Stein. Manche Erinnerungen verursachen solche Geräusche.

— 8 —

Da stand doch noch etwas auf Martas Zettel? Ach ja, die Schildkröten füttern. Sie werden sich schon auf dem Rasen eingefunden haben. Er nimmt die Plastikschüssel mit Salatresten, Löwenzahn und Brennnesseln aus dem Kühlschrank und geht die Hintertreppe zum Garten hinab. Nach einigen Stufen hält er irritiert inne. Am Fuß der Treppe sitzt ein Tier. Dunkelbraunes Fell, Gesicht, Rücken und buschiger Schwanz mit weißen Streifen versehen. Was ist das? Eine streunende Katze? Ein Fuchs? Ein Waschbär? Er steigt vorsichtig noch zwei Stufen tiefer, beugt den Kopf vor, erstarrt. Es ist ein Stinktier, das ihn aus kleinen, schwarzen Augen neugierig ansieht. Jetzt darf er keine falsche Bewegung machen. Im vergangenen Jahr hat sich ein Stinktier in den Keller verirrt, ist von einer Katze aufgestört worden und hat sein Sekret verspritzt. Der widerliche Geruch, eine Mischung aus faulem Knoblauch, Schwefelkohlenstoff und verbranntem Gummi, hat sich über die Innentreppe im ganzen Haus verbreitet und tagelang die Luft verpestet. Ein anderes Mal hat es den mexikanischen Gärtner erwischt. Seine Kleider mussten verbrannt werden. Keine falsche Bewegung also. Er hält den Atem an, geht Stufe für Stufe rückwärts. Das Stinktier starrt ihn unverwandt an, böse und hinterlistig. Er darf es auf keinen Fall reizen. Solange es sich nicht umdreht und den Schwanz hebt, wird nichts passieren. Er erreicht den Treppenabsatz. Das Stinktier sitzt reglos. Er tritt rückwärts ins Frühstückszimmer, stellt die Schüssel auf den Tisch, schließt die Glastür.

Von hier aus kann er die Treppe nicht mehr sehen, ist aber in Sicherheit. Schwer atmend lässt er sich auf einen Stuhl fallen. Der stechende Schmerz flammt auf, stärker als je zuvor. Schweiß tritt ihm auf Stirn und Nasenflügel. Er hält sich stöhnend die Seiten, ringt nach Luft. Abwarten. Die Ruhe bewahren. Gleichmäßig atmen. Sein Magen rebelliert. Er rafft sich auf, geht in die Gästetoilette, kniet sich vor die Schüssel, übergibt sich krampfartig, bis er grünliche, bittere Gallenflüssigkeit, durchsetzt von blutigen Schlieren, erbricht. Dann ist es vorbei. Auch die Leibschmerzen klingen ab. Er wäscht sich Gesicht und Hände, spült den Mund mit Wasser aus, bis der üble Geschmack verschwunden und nur noch die süße Reinheit des Wassers bleibt. Im Frühstücksraum gießt er sich mit zitternden Händen ein Glas Orangensaft ein, trinkt vorsichtig einen Schluck. Er reckt den Kopf zur Decke, atmet prüfend durch die Nase. Die Luft ist rein.

Er geht nach oben ins Arbeitszimmer und tritt auf den Zierbalkon hinaus, von dem aus man die Gartentreppe überblicken kann. Das Stinktier lauert immer noch am Fuß der Treppe, hat sich aber umgedreht und blickt jetzt in Richtung Garten. Irgendwann wird es sich verziehen. Ruhig bleiben. Warten. Er schließt die Balkontür, setzt sich auf Eislers rotes Sofa, lehnt den Kopf zurück, streckt die Beine aus. Wieso hat er eigentlich keine Schuhe an? Ach ja, die stehen im Schlafzimmer. Er fröstelt. Draußen im Sonnenschein ist es inzwischen heiß. Und im Arbeitszimmer sind es mindestens 25 Grad. Warum ist ihm dann kalt? Er schließt die Augen. Warten und die Ruhe bewahren, bis die Luft rein ist. Das hat er schon oft im Leben getan. Er hat Geduld. Er ist Stoiker. Schildkröten haben auch Geduld. Sie springen niemandem auf den Schoß, wenn sie gefüttert werden wollen. Auf eine Stunde mehr oder weniger kommt es denen nicht an, steinalt, wie sie werden können. Außerdem ist er Optimist, immer gewesen, in den unmöglichsten, ausweglosesten Situationen. Und jetzt sitzt er also hier, ein Gefangener im eigenen Haus. In diesem herrlichen Schlösschen. Das hat die Mahler-Werfel damals gesagt, halb neidisch, halb ironisch und vielleicht auch ein bisschen bewundernd.

Nachdem sie das Haus am Paseo Miramar bezogen und provisorisch eingerichtet hatten, nahmen Brecht und Feuchtwanger sofort wieder die Arbeit an *Simone* auf, und über den unendlichen, nie gelösten Streit, ob Simone ein Kind oder eine junge Frau zu sein hätte, war es wieder einmal Abend geworden. Hilde, die Sekretärin, hatte man schon in den wohlverdienten Feierabend geschickt. Feuchtwanger saß am Schreibtisch, Brecht ging im Arbeitszimmer auf und ab und bestand darauf, dass

Simone das Geschehen aus der Sicht und Erfahrungswelt eines Kindes wahrzunehmen hätte. Nur so würden die Gegensätze klar und die Situation gleichnishaft.

»Sie wollen ja nur deshalb eine junge Frau«, höhnte er, »damit Sie sie mit Ihrer antiquierten bürgerlichen Psychologie ausstopfen können. Psychologie kann man aber nicht zeigen. Wir brauchen mehr Gestik. Im epischen Theater muss –«

»Das ist aber nicht logisch.«

»Ich pfeife auf Logik. Im epischen –«

»Wissen Sie was, Brecht? Mit Ihrem epischen Theater können Sie mich am Arsch lecken. Wenn wir uns nicht einig werden, müssen Sie Ihren Scheiß allein machen.«

Er stutzte, kratzte sich am Kopf und lächelte, weil er es liebte, wenn er Feuchtwanger aus der Reserve locken konnte. »Können wir uns auf halbwüchsig einigen, Doktor?«, sagte er schlau.

Bevor sie sich einigen konnten, klingelte es an der Haustür. Marta erschien im Arbeitszimmer und verkündete, die Werfels seien überraschend eingetroffen. Eine Stippvisite. Sie seien neugierig auf das Haus. Sie werde jetzt Tee machen, und sie möchten die Gäste begrüßen und, bitte, mit der furchtbaren Schreierei aufhören. Franz Werfel vertrage weder Streit noch Aufregung, das Herz, sie wüssten schon. Also bitte!

Brecht hätte sich am liebsten über die Hintertreppe durch Keller und Garten verdrückt, aber dafür war es zu spät. Mit Franz Werfel verstand Feuchtwanger sich recht gut, ein ehrlicher, etwas naiver, stets gut meinender Mensch, der großartige, international überaus erfolgreiche Romane schrieb und alle Opernarien auswendig konnte. Unter dem Einfluss seiner Frau neigte er zwar zu einem spinnerten Katholizismus, aber anders als Döblin, der im Exil zum Christentum übertrat, verweigerte Werfel sich, sehr zu Almas Ärger übrigens, einer Konversion. »Solange in Europa Juden ermordet werden, bleibe ich Jude«, sagte er einmal, womit er Feuchtwanger nur noch sympathischer wurde. Für Brecht war und blieb er freilich »der heilige Frunz von Hollywood«, stand auf der gleichen Verachtungsstufe wie Thomas Mann, und in Alma erblickte Brecht das leibhaftige Großbürgertum und den verschmockten, konservativen Kunstadel des 19. Jahrhunderts – allzu leibhaftig, wie er in Anspielung auf ihre ausufernde Üppigkeit meinte. Gegen ihre legendäre erotische Anziehungskraft, die trotz ihres Alters immer noch sehr viel jüngere Männer hinriss, blieb er resistent.

Brecht nahm sich zusammen, beteiligte sich aber kaum an der dahinplätschernden Konversation, die im Wesentlichen von Marta und Alma bestritten wurde und sich ums neue Haus drehte, um Schuhgeschäfte in Santa Monica und den Farmer's Market in Pacific Palisades, um Konzerte und Opern, die Werfels besucht hatten.

Werfel schien nicht recht bei der Sache zu sein, zupfte gelegentlich an seiner genial-nachlässig gebundenen Fliege herum, ließ den Blick über die Bücherregale schweifen. Als eine kurze Gesprächspause eintrat, räusperte er sich. »Sagen Sie mal, lieber Feuchtwanger«, fragte er unvermittelt und entgegen seinem ansonsten etwas umständlichen Habitus sehr direkt, »schleichen bei Ihnen auch manchmal solche dezent gekleideten Herren ums Haus und schauen Ihnen ins Fenster?«

»Ach geh, Franzl«, sagte Alma streng, als redete sie mit einem unvernünftigen Kind. »Über Politik und dergleichen Dinge wollten wir heute doch nicht sprechen.«

Werfel zuckte mit den Schultern und sah zur Decke.

Brecht horchte interessiert auf, schlürfte Tee. Alma sah ihn missbilligend an, obwohl sie das Geräusch wegen ihrer Schwerhörigkeit kaum vernommen haben dürfte.

»Das werden wohl Leute von der Alien Enemy Control des FBI sein«, sagte Feuchtwanger. »Bei uns gehen sie nicht nur ums Haus, sie waren sogar schon drin.«

Nach Deutschlands Kriegserklärung an die USA und Japans Überfall auf Pearl Harbor waren im vergangenen Jahr alle Emigranten aus Deutschland und Österreich zu feindlichen Ausländern erklärt worden, man hatte eine nächtliche Ausgangssperre verhängt und auch allerlei Hausbesuche gemacht. Feuchtwanger hatte sich durchaus geschmeichelt gefühlt, dass man ihn um Hilfe gegen den gemeinsamen Feind bat. Das würde, hatte er gehofft, auch bei seinem Einbürgerungsverfahren hilfreich sein.

»Um Himmels willen!«, sagte Werfel. »Was wollten die denn von Ihnen?«

»Man geht davon aus, dass unter den Emigranten auch Nazi-Spione sein könnten, und zieht entsprechende Erkundigungen ein«, sagte Feuchtwanger. »Wir haben es doch damals in Sanary erlebt. Da war die Fünfte Kolonne auch sehr aktiv, kam unter irgendwelchen windigen Vorwänden sogar zu uns ins Haus.«

»Nazi-Spione in Kalifornien?«, sagte Brecht spöttisch. »Das ist doch absurd. Die würde man doch sofort an ihrem Akzent erkennen. Oder kennen Sie etwa einen?«

Feuchtwanger lachte. »Natürlich nicht, aber ich empfinde es als Vertrauensbeweis, wenn sich die Behörden an uns wenden.«

Das war, wie er heute weiß, mehr als naiv, weil er nicht ahnte, dass diese Investigationen sich sehr bald auch gegen ihn richten sollten. Die ungebetenen, gleichwohl überaus höflichen Besuche der Alien Enemy Control waren nur das Vorspiel zur wahnhaften Hexenjagd McCarthys.

»Das FBI sollte sich lieber darum kümmern, ob es unter den Emigranten Kommunisten gibt«, sagte Alma Mahler-Werfel spitz und sah Brecht an. »Kommunisten und Stalinisten.« Und dabei sah sie Feuchtwanger an, und alle wussten, dass sie auf sein Moskau-Buch anspielte, mit dem er sich unendlichen Ärger eingehandelt hatte.

»Ich dachte, die USA sind mit der Sowjetunion gegen Hitler-Deutschland verbündet«, sagte Brecht.

Ein halbes Jahr später, als die Rote Armee die Schlacht von Stalingrad gewonnen hatte und Stalin vom *Time Magazine* zum Mann des Jahres gekürt wurde, sollte Alma allerdings Feuchtwanger anrufen und sagen: Famoser Mann, Ihr Stalin. Aber damals sagte sie nur: »Nun ja, das sind so unerfreuliche Dinge. Lassen wir das.«

»Wir sollten uns jedenfalls nicht beklagen, liebste Alma«, sagte Marta. »Wir werden zwar beobachtet, wir haben die Ausgangssperre, und die deutsche Sprache hört man in Hollywood nicht mehr gern. Aber wirklich unerfreulich ist die Situation doch nur für die hiesigen Japaner. Sie werden interniert, zum Teil enteignet. Man behandelt sie wie Kriegsgefangene. Das erinnert mich an die Art und Weise, wie die Franzosen nach der Kapitulation mit uns Emigranten umgegangen sind. Ich finde das empörend.«

Für einen Moment herrschte Schweigen. Niemand, auch Brecht nicht, brachte den Mut auf, sich offen gegen die Maßnahmen und Schikanen auszusprechen, die die amerikanischen Behörden gegen die japanische Minderheit durchführte. Sie gingen in Deckung, sie machten sich klein. Schützten die USA sie denn nicht? Sollten sie gegen ihre Beschützer aufbegehren? Noch einmal in Teufels Küche geraten, der man mit Mühe und Not entronnen war? Ein anderer Teufel, gewiss, aber dennoch. Ihr Humanismus stieß an eine unsichtbare, von ihnen selbst errichtete Mauer. Hatte beispielsweise der Schauspieler Homolka nicht sogar einen japanischen Butler eingestellt, den das FBI als japanischen Geheimdienstoffizier entlarvte?

»Wir kennen keine Japaner«, sagte Alma apodiktisch.

»Im philharmonischen Orchester gibt es aber einen erstklassigen Cellisten, der meines Wissens aus Japan stammt«, sagte Werfel.

»Den hat man entlassen, Franzl«, sagte Alma.

»Nun ja«, sagte Werfel unbehaglich, »wie dem auch sei. Ich empfinde diese Leute von Alien Enemy Control jedenfalls als lästig. Schleichen da herum oder sitzen in Automobilen und machen sich Notizen, wer bei uns aus- und eingeht, welche Wagen vor unserem Haus parken und so weiter. Man kommt sich ja vor, als stünde man selbst unter Polizeiaufsicht. Als seien wir Verschwörer.« Bei diesen Worten war Werfel immer leiser geworden. Den letzten Satz flüsterte er, als könne er auf falsche Ohren stoßen.

»Da sprechen Sie aber sehr gelassen wahre Worte aus, hochverehrter Meister«, mischte sich jetzt Brecht ein.

Seine Stimme triefte vor Ironie. »Sind wir das als Schriftsteller denn nicht? Verschwörer? Verjagt aus unserem Land, untergekommen in einem Land, das uns nicht gerufen hat, sondern zähneknirschend duldet? Unter Beobachtung stehende Wesen, verdächtige Subjekte, irgendwo am Rand der Gesellschaft, fast schon auf einer Stufe mit Gesetzlosen?«

Werfel, der kopfschüttelnd zugehört hatte, war entsetzt. »Aber nein, Herr Brecht! Wo denken Sie hin?«

»Du darfst dich nicht aufregen, Franzl«, bestimmte Alma. »Wollen Sie uns nicht lieber Ihr herrliches Schlösschen zeigen, liebste Marta?«

Vielleicht, denkt er, hat da der gute Franz Werfel zum ersten Mal in seinem Leben so empfunden, wie es sich in unseren Zeiten für einen Schriftsteller ziemt? Kontrolliert, misstrauisch beobachtet, obwohl er über jeden Verdacht erhaben war. Auch wenn ihm Brechts harsche Worte gegenüber Werfel damals unbehaglich gewesen sind, weil der Freund wieder einmal von sich auf andere schloss – recht gehabt hat er schon, teilweise jedenfalls. Wenn Schreiben mehr sein soll als Morgengymnastik, mehr als hoffnungsloser Kampf gegen den eigenen Verfall und das Nachlassen der Erinnerung, dann ist das Schreiben eine gefährliche Beschäftigung. Tendenziöses Schreiben, wie Brecht es betrieben hat und wie er selbst es betrieben hat, weil die Zeitläufe ihn dazu gezwungen haben, ist immer schon bedrohlich gewesen. Und die Bedrohung durch die Nazis und ihr Hass waren eine Bestätigung, dass die Tendenz notwendig war. Aber heute und hier im Schoß der großen Demokratie Amerika scheint es bereits gefährlich zu sein, Worte für den unwandelbaren Ozean zu finden oder in einem Stinktier ein Gleichnis für den Stand der Dinge, die eigene Lage zu sehen. Aber vielleicht ist Schreiben zu allen Zeiten, in allen Lagen, gefährlich gewesen und wird es immer sein, weil eine Persönlichkeit hinter den Worten steht, die sich gegen die Dummheit und Brutalität der Welt auflehnt. Ja, Schreiben ist verdächtig wie eine Geheimsprache, ein Zeichengeben unter Eingeweihten. Und die Misstrauischen und ihre Stinktiere haben recht: Es sind Zeichen, Signale. Unterm niedrigen Strohdach im dänischen Exil hat Brecht sein wunderbares Gedicht *An die Nachgeborenen* geschrieben, eins von vielen wunderbaren Gedichten, die er dem Elend abgerungen hat. Was sind das für Zeiten, heißt es da, wo ein Gespräch über Bäume fast ein Verbrechen ist, weil es ein Schweigen über so viele Untaten einschließt!

So schwieg auch Feuchtwanger oder wiegelte ab, wenn es um Stalins Untaten ging, schwieg, als es ihren japanischen Nachbarn an den Kragen ging. Lieber zeigte man den Werfels das herrliche, vom FBI observierte Schlösschen.

»Man könnte fast neidisch werden«, sagte Werfel, als sie schließlich im Garten standen und die spanische Eleganz der Architektur bewunderten, »aber Sie haben es sich verdient, lieber Feuchtwanger.«

»In diesem Leben muss man sich den Neid hart erarbeiten«, sagte er. »Geschenkt bekommt man nur das Mitleid.«

— 9 —

Drüben auf dem Schreibtisch liegt der Brief von Arnold Zweig. Er wisse nicht, hat er geschrieben, welchem Engel eine Kerze versprochen werden müsse, damit er Feuchtwanger nach Europa geleite. Ach, Zweig! Mit Engeln ist ihm nicht zu helfen. Kann ein Engel dies Haus auf den Rücken nehmen und es wie eine geflügelte Riesenschnecke nach Europa tragen? Allein für die 30 000 Bände seiner Bibliothek müsste man ein Frachtschiff chartern. Vertreiben Engel Stinktiere? Er kann ja nicht einmal aus dem eigenen Haus, weil draußen ein Stinktier sitzt. Die Wächter nicht reizen und keine falsche Bewegung machen, dazu ist er verdammt. Da draußen treiben sich eine ganze Menge Stinktiere herum, seit Jahren schon, warten auf ihn, wollen ihn mit ihrem Sekret markieren, dass er auf ewig gefangen bleibt in seinem herrlichen Schlösschen mit Blick auf die Stille des Ozeans. Lächerlich, denkt er. Was für ein lächerliches Gleichnis. Nicht einmal Brecht hätte es ihm abgekauft.

Nachdem er und Marta nach langem Zögern die amerikanische Staatsbürgerschaft beantragt hatten, erhielt er ein Schreiben, demzufolge er vor einem positiven Bescheid mündlich noch einige Fragen zu beantworten habe. Immerhin erwartete ihn keiner jener öffentlichen Hexenprozesse der McCarthy-Inquisition, vor die im vergangenen Jahr Brecht und Eisler gezerrt worden waren. Dass man ihn nicht nach Washington vor den Ausschuss, sondern nur zur lokalen Einwanderungsbehörde zitierte, war ein gutes Zeichen. Wahrscheinlich hatte er das Freunden und Bewunderern aus der Roosevelt-Regierung zu verdanken, die zwar nicht mehr im Amt waren, aber immer noch über einen gewissen Einfluss verfügten. Und überhaupt, redete er sich ein, was könnte man ihm vorwerfen, was anhaben? Die Anhörung würde reine Formsache sein. Dennoch, seit er die Vorladung bekommen hatte, schlief er schlecht, wachte nachts schweißgebadet aus Albträumen auf und konnte wegen seiner nervösen Magenschmerzen kaum etwas essen.

Marta war zur Anhörung nicht vorgeladen, durfte ihn aber begleiten und chauffierte ihn an einem milden Herbsttag im Jahr 1948 zum Federal Building von Santa Monica am Wilshire Boulevard. Sie stellten den Wagen unter Palmen ab, die wie umgedrehte, ausgefranste Sisalbesen staubig ins Blaue stachen. Sie präsentierten die Vorladung einem uniformierten Pförtner, der gelangweilt durch Papiere blätterte und sie in Raum 613 im 6. Stock verwies. In der engen, hölzernen Zelle des Paternosters atmete Feuchtwanger schwer. Marta wischte ihm mit einem mit Eau de Cologne getränkten Tuch den Schweiß von Stirn und Nase.

Am Ende eines weiß gestrichenen Flurs, links und rechts geschlossene Türen, an der Decke grelle Neonbeleuchtung, stand eine Tür offen. Raum 613. Drei Männer und eine Frau standen am Fenster und blickten auf den Westwood Park hinunter. Alle hielten Zigaretten in Händen. Der Rauch hing wie blaugrauer Nebel fast bewegungslos in der Luft. Marta wedelte mit der Handfläche, Feuchtwanger hüstelte. Ein Mann mit militärisch kurz geschnittenen Haaren begrüßte sie jovial mit den üblichen Floskeln und kräftigem Händedruck, nannte seinen Namen und stellte auch die anderen Personen vor. Feuchtwanger verstand die Namen kaum oder vergaß sie gleich wieder. Der Mann, der sie begrüßt hatte, war der Vorsitzende der Kommission, die beiden anderen Herren, auch das verstand Feuchtwanger nicht recht, seine Assistenten oder Beisitzer. Einer war korpulent, der andere schmächtig. Laurel und Hardy, dachte Feuchtwanger. Die Frau, eine massive, übergewichtige Blondine, war eine Sekretärin, die das Protokoll zu führen hatte. Gegenüber der Fensterfront stand ein Konferenztisch, auf dem Akten lagen. Ein schwarzes Telefon. Vorm Tisch ein einzelner Stuhl, der Feuchtwanger zugewiesen wurde. Zwischen Tisch und Wand drei Stühle für die Kommission, am linken Ende des Tisches ein weiterer Stuhl für die Sekretärin. Ein mannshoher Stander mit der schlaff hängenden amerikanischen Flagge. An der Wand ein großes, golden gerahmtes Porträt George Washingtons, daneben, kleiner und schwarz-weiß, ein Foto des amtierenden, hinter Rauchschwaden milde lächelnden Präsidenten Harry S. Truman. Für Marta, mit deren Erscheinen offenbar niemand gerechnet hatte, wurde eilig ein weiterer Stuhl herbeigeschafft und weit entfernt vom Konferenztisch in einer Raumecke platziert.

Der Vorsitzende schlug eine der Akten auf, blätterte darin herum. Die Sekretärin zückte Bleistift und Stenogrammblock.

»Doktor Feuchtwanger«, begann der Vorsitzende, brach sich bei Aussprache des Namens fast die Zunge, hob den Blick und schob die Akte demonstrativ ein paar Zentimeter von sich weg, als benötige man derlei Bürokratismen gar nicht, »wir wissen es sehr zu schätzen, dass Sie sich die Mühe machen, uns einige Fragen zu beantworten, bevor über Ihren Antrag entschieden werden kann.«

»Und den Antrag Ihrer Frau«, ergänzte Laurel. »Bei allem Respekt vor Mrs. Feuchtwanger«, er warf ihr ein schiefes, entschuldigendes Lächeln zu, »dürften uns Ihre Aussagen reichen, Doktor.« Er schien, wie seine Kollegen auch, über den Titel froh zu sein, weil er ihnen den Namen ersparte.

Der Vorsitzende rückte seine Brille zurecht und warf wieder einen Blick in die Akte. »Sie sind 1940 in die USA eingereist, zunächst mit einem befristeten Besuchervisum, ausgestellt vom US-Konsulat in Marseille«, er blätterte raschelnd eine Seite um, »und dann ein weiteres Mal über Mexiko mit einem unbefristeten Visum und der erforderlichen Aufenthaltsgenehmigung.«

»Ganz recht. Das können Sie ja meinem Antrag entnehmen. Die Prozedur war etwas umständlich, aber völlig legal und –«

»Natürlich, natürlich, Doktor. Uns liegen sämtliche

Unterlagen vor, und alles scheint seine Richtigkeit zu haben. Wir würden aber gern wissen, warum Sie erst jetzt die Staatsbürgerschaft der Vereinigten Staaten beantragen. Nach acht Jahren? Das hätten Sie doch schon viel früher machen können.«

Feuchtwanger lächelte. Er lächelte fast triumphierend. Auf die Frage war er vorbereitet, und zwar auf eine Art und Weise, die dieser Ausschuss wohl noch nie erlebt haben dürfte. Er griff in die Aktentasche, die er neben sich auf den kalt glänzenden Linoleumboden gestellt hatte, zog ein Buch heraus und legte es auf den Tisch. »Deshalb«, sagte er.

»Was ist das?«

»Ein Buch.«

»Ein Buch?« Der Vorsitzende griff mit spitzen Fingern danach, als handele es sich um einen explosiven Gegenstand. »*Proud Destiny*«, las er zögerlich, halblaut. »A novel by Lion –« Den Nachnamen verschluckte er großzügig.

»Oh, Sir, Sir!«, sagte Hardy aufgeregt. »Sehen Sie mal.« Er zeigte auf das Umschlagbild, über das die Schriftzüge von Titel und Autorennamen liefen. »Ist das nicht, ähm, Ben ähm –«

»Richtig, richtig«, nickte der Vorsitzende. »Das ist doch … Benjamin Franklin?« Er sah Feuchtwanger verständnislos an.

»Ich erkläre es Ihnen gern, meine Herren«, sagte Feuchtwanger, immer noch lächelnd, nachsichtig jetzt. »Was Sie da in Händen halten, ist eins der allerersten, druckfrischen Exemplare meines neuen Romans. Der englischen Übersetzung, versteht sich. Es wird demnächst von der Literary Guild in einer Erstauflage von 600 000 Exemplaren auf den Markt –«

»Gewiss, Doktor, gewiss«, sagte der Vorsitzende. »Wir wissen natürlich, dass Sie ein sehr erfolgreicher Schriftsteller sind. Uns liegt sogar eine Information vor«, er blätterte in der Akte, »richtig, hier steht es, dass Sie als einer der großen Romanschriftsteller der Welt gelten. Aber was hat *das* damit zu tun«, er tippte mit dem Zeigefinger auf das Buch, »dass Sie erst jetzt Ihre Einbürgerung beantragen?«

»Dies Buch«, sagte Feuchtwanger und bemühte sich, seiner quäkenden Stimme einen feierlichen Tonfall abzugewinnen, »ist mein Geschenk an Amerika, mein Dank an Ihr großartiges Land, das mich aufgenommen hat.«

»Verstehe, verstehe«, nickte der Vorsitzende, schlug das Buch auf, blätterte, sah ratlos hinein. »Wovon handelt Ihr Roman denn?«

»Es geht um Benjamin Franklins Aufenthalt als Sondergesandter am Hof von Versailles. Er wirbt dort um Unterstützung für die amerikanischen Kolonisten in ihrem Unabhängigkeitskampf gegen England und fädelt Waffenlieferungen für Amerika ein. Die daraus entstehenden politischen Wirkungen führen nach dem Erfolg der amerikanischen Revolution schließlich zur Revolution in Frankreich.«

»Aha, aha«, sagte der Vorsitzende und unterdrückte ein Gähnen.

»Revolution also?«, fragte Laurel rhetorisch. »Haben Sie eigentlich je an die Möglichkeit einer marxistischen Revolution in Amerika geglaubt?«

»Nein, niemals. Ich habe allerdings das Gefühl, dass manche Amerikaner es glauben oder befürchten. In meinem Buch geht es um bürgerliche Revolutionen.«

»Mh, mh, mh«, machte der Vorsitzende.

»Ich habe den Plan für das Buch zwanzig Jahre mit mir herumgetragen«, sagte Feuchtwanger, der anfangs unsicher gesprochen hatte, sich nun aber so warmredete, als diktiere er seiner Sekretärin. »Aber erst als das Amerika Roosevelts in den Krieg –«

»Roosevelt also?«, fragte Laurel noch etwas rhetorischer.

Feuchtwanger nickte. »Erst als Amerika in den Krieg gegen Hitler eingriff und die Sowjetunion unterstützte –«

»Sowjetunion?« Laurel notierte sich etwas.

Feuchtwanger ließ sich nicht beirren. »Erst da wurden mir die Ereignisse im Frankreich des achtzehnten Jahrhunderts klar und erleuchteten mir die Geschehnisse der Gegenwart. Europa konnte nur durch diese Koalition aus Ost und West vom Hitlerfaschismus befreit werden. Ganz so, wie die historische Verbundenheit zwischen –«

»Schon gut, Doktor, schon gut. Es ist ja auch ein sehr dickes Buch. Lassen wir das einstweilen auf sich beruhen und kommen –«

Hardy flüsterte dem Vorsitzenden etwas ins Ohr, aber er winkte ab, murmelte »nein, nein«, blätterte erneut in der Akte, stutzte, schüttelte den Kopf, sah Feuchtwanger halb zweifelnd, halb streng an. »Als man Sie damals mithilfe des Emergency Rescue Committee aus Frankreich evakuierte, verfügten Sie über Papiere, die nicht auf Ihren Namen ausgestellt waren, sondern auf den eines gewissen J. L. Wetcheek, eines amerikanischen Staatsbürgers. Wie kamen Sie an diese Papiere, Doktor? Und wieso reisten Sie unter einem Alias?«

»Wetcheek ist die wörtliche Übersetzung meines Namens. Feuchtwanger. Feuchte Wange.«

»Tatsächlich?« Der Vorsitzende lächelte dünn. »Das ist ja recht lustig, aber wieso –«

»Ich habe in den Zwanzigerjahren, noch in Deutschland, ein Buch unter dem Pseudonym Wetcheek veröffentlicht, und da lag es einfach nahe –«

»Wie heißt das Buch? Und warum haben Sie es unter Pseudonym veröffentlicht?«, unterbrach Hardy interessiert. »Handelte es sich etwa um eine Tendenzschrift oder politisches Agitationsmaterial?«

»Es sind Gedichte.«

»Gedichte?« Hardy sah verblüfft aus.

Feuchtwanger nickte. »Und das Buch heißt *Pep*.«

»Pep? Was heißt Pep?«

»Ich dachte, Pep sei ein amerikanischer Ausdruck«, sagte Feuchtwanger. »Meines Wissens bedeutet er so etwas Ähnliches wie ›Kopf hoch‹ oder ›bravo‹ oder dergleichen. Ist das nicht korrekt?«

»Richtig, ja«, sagte Hardy, »das Wort ist aber inzwischen aus der Mode gekommen.«

»Meine Mutter benutzt es manchmal noch«, sagte Laurel grinsend.

Die stumm stenografierende Sekretärin kicherte leise.

»Also bitte, Miss O'Brian! Meine Herren!«, sagte der Vorsitzende ungeduldig. »Warum haben Sie dies Pseudonym auf einem offiziellen Dokument der Vereinigten Staaten eintragen lassen, Doktor?«

»Es war die Idee von Mister Fry vom Rescue Committee, der nach Marseille –«

»Mister Varian Fry?«, fragte Laurel.

Feuchtwanger nickte.

»Ein Roosevelt-Mann«, raunte Laurel dem Vorsitzenden zu und machte sich eine Notiz.

»Ich saß in Südfrankreich in einem Internierungslager der Vichy-Regierung, in dem man deutsche Emigranten festhielt. Ich musste befürchten, dass man mich als prominenten Hitler-Gegner an die Gestapo ausliefern würde. Mithilfe meiner tapferen Frau und Mister Fry gelang mir die Flucht. Ich zog mir Frauenkleider an und konnte auf diese Weise –«

»Sie verkleideten sich … als *Frau?*«, hakte Laurel nach, machte sich eine Notiz und tuschelte dem Vorsitzenden wieder etwas ins Ohr.

Die Sekretärin kicherte.

Der Vorsitzende unterdrückte ein Grinsen. »Reden Sie bitte weiter, Doktor.«

»Um über die spanische Grenze zu kommen, brauchte ich Papiere, aber weil mein Name auf den Fahndungslisten der Nazis stand, stellte mir das Konsulat dank Mister Fry ein Visum auf den Namen Wetcheek aus. Die Aktion wurde übrigens von der Frau Präsident Roosevelts unterstützt und vom Präsidenten ausdrücklich gebilligt.«

»Ungewöhnlich«, sagte der Vorsitzende, »höchst ungewöhnlich. Frauenkleider, ein falscher Name. Nicht ganz legal, aber wenn man die Umstände bedenkt, vielleicht auch nicht ganz –« Er ließ das Satzende in der Luft hängen, steckte sich eine Zigarette an und hielt Feuchtwanger die geöffnete Schachtel entgegen. »Bitte, bedienen Sie sich.«

»Danke, ich rauche nicht.«

Im Hintergrund hustete Marta stellvertretend für ihren Mann.

»Nun liegen uns aber Informationen aus glaubwürdiger Quelle vor«, sagte der Vorsitzende und blätterte in der Akte, »dass Sie erklärt haben, gar kein Amerikaner werden zu wollen. Trifft das zu?« Plötzlich klang die Stimme scharf.

Feuchtwanger erschrak. Bis jetzt hatte er sich ohne Ausrede oder Unwahrheit durch die Anhörung lavieren können, aber hier tat sich plötzlich eine Falltür auf, mit der er nicht gerechnet hatte. Es stimmte. Er hatte es gesagt, einmal, in einem unbedachten Moment, und er wusste genau, wer die »glaubwürdige Quelle« war. Kurz nach Kriegsende hatten Feuchtwangers zu einem Empfang geladen, Hollywoodleute, Freunde, Kollegen. Unter den amerikanischen Schriftstellern befanden sich Robert Nathan, James Cain und Irving Stone. Die Stimmung war prächtig; es war eine Art Siegesfeier aus Anlass der deutschen Kapitulation. Gegen seine Gewohnheit genehmigte Feuchtwanger sich an diesem Abend einen Cocktail und, von der Wirkung sorglos gemacht, gleich noch einen zweiten. Irgendwann erkundigte sich Irving Stone bei Feuchtwanger, wann er denn die amerikanische Staatsbürgerschaft beantragen wolle? Denn wer würde schon freiwillig so ein Haus mit so einem Blick auf Palmen, Strand und Meer aufgeben? Feuchtwanger, ohne nachzudenken, erwiderte spontan, er sei sich gar nicht sicher, ob er überhaupt Amerikaner werden wolle.

Stone zog die Augenbrauen zusammen, sah Feuchtwanger finster an und sagte, das wundere ihn gar nicht, da Feuchtwanger bekanntlich ein persönlicher Freund Stalins sei. In diesem Moment wusste Feuchtwanger, dass er einen Fehler gemacht hatte, aber es war zu spät, die Worte waren heraus. Er unternahm erst gar nicht mehr den Versuch, sich gegenüber Stone detaillierter zu erklären. Wie hätte er ihm denn plausibel machen können, dass in seinem Hinterkopf immer noch ein Schuldgefühl spukte, das Gefühl, in Sicherheit zu sein, während so viele andere auf der Strecke geblieben waren? Es war wohl ein ähnliches Gefühl wie jenes, das Franz Werfel davon abhielt, sein Judentum aufzugeben. All die Toten, all die Versprengten, all die Heimatlosen. Immer noch quälten ihn Albträume, bevölkert von all den Verzweifelten, die in Marseille in endlosen Schlangen vorm US-Konsulat ausharrten und nicht die geringste Chance auf ein Visum hatten, während ihm mit seinen Beziehungen alles zugefallen war. Hätte er mehr tun können? Wen hätte er retten können? Wie viele? Deswegen hatte er zu Stone gesagt, was er gesagt hatte. Und vielleicht auch, weil Kinder und Betrunkene manchmal die Wahrheit aussprechen.

»Doktor?« Die Stimme des Vorsitzenden. Dringlich. »Haben Sie die Frage nicht verstanden? Sie lautete, ob es zutrifft, dass –«

»So etwas habe ich niemals gesagt.«

Es war die einzige Lüge, die er leise, aber bestimmt in dieser Anhörung und denen, die folgen sollten, zu Protokoll gab.

— 10 —

Träge steht er vom Sofa auf, schlurft zur Balkontür. Die Sonne steht jetzt hinterm Haus. Die Terrasse und der Rasen im vorderen Gartenbereich liegen schon im Schatten. Das Stinktier hockt nicht mehr am Fuß der Treppe. Vielleicht lauert es unter den Johannisbeerbüschen oder im Schilf am Gartenteich. Am Rand des Blicks ziehen Schiffe über den Ozean. Kann man ein Haus in ein Schiff laden? Ein Flugzeug nähert sich im Sinkflug dem Flughafen von Los Angeles. Lautlos vorm durchsichtigen Blau. Woher kommt es? Aus Europa? Oder von nirgendwo? Wie viele Anhörungen sind es bis jetzt gewesen? Sieben? Oder acht? Wie viele werden noch folgen? Es kommt ihm vor wie ein endloser Korridor, von dem links und rechts Türen abzweigen. Die Türen sind die Fragen, die sich auf leere Räume öffnen. Auf Wartesäle. Warten auf die nächste Vorladung, die nächste Frage. Die letzte Frage kommt nie. Keine falsche Bewegung machen. Auf der Hut sein und immer höflich bleiben.

Meistens sind auch die Stinktiere unerhört höflich. Bedauern es, ihn mit den immer gleichen Fragen belästigen zu müssen. Es sei nicht ihre Schuld, sagen sie. Wir führen nur die Anweisungen aus, die wir aus Washington erhalten, sagen sie entschuldigend, achselzuckend. Manchmal wechseln die Personen, die ihn befragen. Manchmal ist Laurel ohne Hardy dabei, manchmal Hardy ohne Laurel. Nur die kichernde Sekretärin ist immer da. Nur noch die eine oder andere Frage, Doktor. War Thomas Mann Kommunist? Nein? Oder Sozialist? Aber Klaus Mann, der Sohn? Glaubte der nicht an die Weltrevolution? Wie gut kannten Sie Brecht? Ach, Sie würden ihn sogar als Ihren Freund bezeichnen? Sieh an, sieh an. Da machen wir uns doch mal gleich eine Notiz. Hanns Eisler? Auch Ihr Freund? Gerhart Eisler? Dieterle? Wollen Sie ernsthaft behaupten, das seien keine Radikalen? Manchmal gibt es auch neue Fragen. Der Fundus scheint unerschöpflich zu sein. Die sogenannten glaubwürdigen Quellen. Nächste Frage.

»Doktor, uns liegt hier unter dem Titel *Song of the Fallen* die englische Übersetzung eines Gedichts oder Lieds oder dergleichen vor, das Sie während des Ersten Weltkriegs veröffentlicht haben. Es handelt sich um ein ausgesprochen revolutionäres Dokument, das zum Umsturz –«

»Verzeihen Sie, wenn ich unterbreche, Herr Vorsitzender, aber mein *Lied der Gefallenen* ist ein Dokument des Pazifismus. Es richtete sich gegen den Krieg, gegen den Kaiser und gegen den deutschen Militarismus, und da auch die USA ab 1917 gegen Deutschland kämpften, müsste es sehr in Amerikas Sinn sein.«

»Sie würden sich also als Pazifisten bezeichnen, Doktor?«

»Als Schriftsteller verfüge ich über keine andere Waffe als das Schreiben. Ich habe erlebt, wie Völker vernichtet und versklavt, Länder und Städte in Schutt und Asche gebombt wurden. Dennoch glaube ich an den Sieg der Vernunft. Sie lässt sich auf Dauer nicht verletzen, ungestraft leugnen oder verfälschen.«

»Aber Sie waren doch wohl dafür, dass gegen Hitler-Deutschland Krieg geführt wurde.«

»Es war unvermeidbar, aber es schmerzt mich, dass dieser Krieg Millionen Unschuldige das Leben gekostet hat. Ein Krieg wird nicht unnötig, wenn er nicht geführt wird. Nur wenn ein Krieg unnötig ist, braucht er nicht geführt zu werden.«

»Sie haben sich 1946 auch dem Aufruf von Professor Albert Einstein angeschlossen, die Atomenergie und die Produktion von Atomwaffen unter internationale Kontrolle zu stellen. Sehen Sie dabei nicht die Gefahr, damit den Sowjets in die Hände zu spielen?«

»Was soll ich dazu sagen, Herr Vorsitzender? Bis heute weiß niemand genau, was mit Hiroshima begonnen hat. Man weiß aber, was an jenem Tag endete: die Sicherheit der menschlichen Gattung auf der Erde. Und dass von einer möglichen nuklearen Katastrophe niemand eine Vorstellung hat und haben kann, so lange sie nicht eintritt. Wenn sie aber eintritt, wird niemand mehr Gelegenheit haben, seine Meinung zu sagen.«

»Nun ja, lassen wir das heikle Thema einmal beiseite und befassen uns mit Ihrem Werk als Schriftsteller. Sie haben ein Stück mit dem Titel *Thomas Wendt* geschrieben, in dem die Revolution gefeiert wird. An einer Stelle heißt es, man müsse die alte Ordnung in Trümmer legen. Verstehen Sie derlei als Pazifismus?«

»Es geht in dem Stück um einen Schriftsteller, der sich angewidert von der Revolution abwendet, weil sie über Leichen geht.«

»Halten Sie Revolutionen denn für unvermeidbar, Doktor?«

»Das ist wie mit den Kriegen. Nur wenn sie unnötig sind, brauchen sie nicht geführt zu werden. Aber die Französische und die Amerikanische Revolution waren notwendig, um Menschenrechte durchzusetzen, Aufklärung und Vernunft zu befördern und –«

»Und die Russische Revolution?«

»Auch sie war notwendig, um eine gerechtere Ordnung herzustellen.«

»Wollen Sie damit sagen, Doktor, dass Sie die sowjetische Diktatur für eine gerechte Ordnung halten?«

»Nicht so, wie sie sich jetzt darstellt, aber ich gebe die Hoffnung nicht auf, dass sich die Dinge dort verbessern.«

»Gilt das auch für die sowjetische Besatzungszone in Deutschland?«

»Ich denke schon. Ich hoffe es jedenfalls.«

»Sie haben sich im vergangenen Jahr unter konspirativen Bedingungen in Ihrem Haus mit einer Gruppe sowjetischer Schriftsteller getroffen, zu der auch der Chefredakteur der *Istwestija* gehörte. Was wurde da besprochen?«

»Von konspirativ kann keine Rede sein, Herr Vorsitzender. Die russischen Kollegen waren von der amerikanischen Regierung eingeladen und bereisten als

Mitglieder eines kulturellen Austauschprogramms die Vereinigten Staaten. Wir haben gemeinsam Sherry getrunken und viel gelacht, aber kaum etwas besprochen, weil die Kollegen weder Deutsch noch Englisch können und ich kein Russisch.«

»Ist es bei diesem Treffen zu Geldübergaben an Sie gekommen?«

»Geldübergaben? Nein. Wieso?«

»Uns ist bekannt, dass dem inzwischen verstorbenen Schriftsteller Heinrich Mann gelegentlich Bargeld von russischen Diplomaten überbracht wurde. Und soweit wir wissen, sind Ihre Bücher in der Sowjetunion immer in sehr hohen Auflagen gedruckt worden. Sie müssten also beträchtliche Honorare aus Russland beziehen. In Ihren Steuererklärungen tauchen diese Einnahmen jedoch nicht auf.«

»Ich habe keine Ahnung, wie hoch meine Ansprüche an die russischen Verlage sind. Und ich kann an das Geld auch nicht heran, weil solche finanziellen Transaktionen derzeit nicht möglich sind. Übrigens sind während des Krieges auch meine amerikanischen Konten kurzfristig eingefroren worden.«

»Aber Sie haben nie Bargeld von russischen Diplomaten oder Agenten erhalten?«

»Nein. Ich pflege auch keinen Umgang mit Agenten.«

»Nun ja, wie dem auch sei. Sie sind dazu zwar bereits in zwei früheren Anhörungen befragt worden, aber wir müssen leider noch einmal auf Ihr Buch *Moskau 1937* zurückkommen. Sie haben es geschrieben, nachdem Sie sich 1936 bis 1937 in Moskau aufgehalten haben, also zwei Jahre lang?«

»Nicht einmal zwei Monate, Herr Vorsitzender! Ich kam auf Einladung des sowjetischen Schriftstellerverbands im Dezember 1936 in Moskau an und reiste im Januar 1937 wieder ab.«

»In Ihrer letzten Anhörung haben Sie erklärt, dass Sie sich bei Ihrer Zusammenkunft mit Stalin auch durchaus kritisch gegenüber dem Diktator geäußert hätten. Können Sie das bitte präzisieren?«

»Gern, Herr Vorsitzender. Ich war beeindruckt von der sowjetischen Verfassung, in der das Recht auf Bildung, auf Arbeit, auf Erholung, auf Versorgung im Alter und bei Krankheit als Grundrechte verankert ist, und habe in dieser Hinsicht auch viel Fortschrittliches gesehen, das mir sehr imponiert –«

»Ich habe Sie nach Ihrer Kritik gefragt, Doktor.«

»Gewiss, ja. Ich habe Stalin auf den trägen Bürokratismus hingewiesen, auf die Wohnungsnot, übrigens auch auf die Gängelung und Bevormundung der Künstler durch den Staat, auf die Politik der Planwirtschaft, die man den Schriftstellern verordnet, damit sie in ihren Werken einen heroischen Optimismus anschlagen.«

»Und wie hat Stalin darauf reagiert?«

»Er hat es sich schweigend angehört.«

»Haben Sie Stalin auch persönlich kritisiert?«

»Ich habe darauf hingewiesen, dass der um ihn betriebene Personenkult im Westen auf Befremden stößt.«

»Hat er dazu auch geschwiegen?«

»Nein, er hat gesagt, das Sowjetreich sei so groß, dass man in Moskau schon sehr laut rufen müsse, wenn man auch noch in Wladiwostok Gehör finden wolle.«

»Tja, das ist natürlich auch eine Antwort. Danke, Doktor. Ich gehe davon aus, dass Ihre Aussagen für Ihr Einbürgerungsverfahren hilfreich sind. Sie wissen ja, dass wir sehr darum bemüht sind, Ihnen zu helfen. Entschieden wird darüber natürlich in Washington. Wir haben allerdings noch eine letzte Frage, für heute jedenfalls. Sie betrifft Ihren Roman *Goya* von 1951. Gemäß einer Quelle, die vom FBI als zuverlässig und glaubwürdig erachtet wird, sollen Sie folgende Äußerungen gemacht haben. Ich zitiere: ›Nach dem Ende des Zweiten Weltkriegs und dem Tod Roosevelts, den die Emigranten als ihren Präsidenten verehrt hätten, herrsche Kalter Krieg. Alte, reaktionäre Werte würden aus der Mottenkiste der Geschichte hervorgezerrt, der fortschrittliche Geist werde mundtot gemacht und eingesperrt. Die McCarthy-Ausschüsse schnüffelten überall nach Kommunisten, Sozialisten, Liberalen, insbesondere unter Wissenschaftlern, Intellektuellen und Künstlern. Brecht, Eisler, Chaplin habe es bereits erwischt, und ›das Subjekt selbst‹, verzeihen Sie die Ausdrucksweise, Doktor, mit Subjekt sind Sie gemeint, ich zitiere nur, ›das Subjekt selbst befürchte, ebenfalls vorgeladen zu werden. Er sehe das Gespenst der heiligen Inquisition aus der Asche der Geschichte kriechen. Das Subjekt fühle sich derzeit in Amerika nicht sehr wohl. Neue semifaschistische Gesetze machten ihm jede Auslandsreise unmöglich und gäben den Behörden Vorwände für Schikanen. In diesem Klima habe das Subjekt den Roman *Goya* verfasst.‹ So weit unsere Quelle. Doktor, wenn Sie das wirklich gesagt haben sollten, wäre das eine große Enttäuschung für uns. Haben Sie es gesagt?«

»Niemals.«

Niemals hat er das gesagt. Aber geschrieben hat er es sehr wohl, wortwörtlich fast. Um die Jahreswende 1949/1950 in einem Brief an Arnold Zweig. Und die Quelle, die das FBI für zuverlässig und glaubwürdig hält, hat einen Namen: Michi. Noch so ein unglücklicher, unseliger Sohn! Arnold Zweigs Sohn Michael, den alle nur Michi nennen.

In Israel hat er sich nicht zurechtgefunden, weil er mit dem Hebräischen auf Kriegsfuß stand, aber zurecht findet er sich eigentlich nirgendwo, ist einer dieser ewigen Wanderer zwischen Ost und West, verwirrt, entwurzelt von der Mühsal des Exils. Kam nach Amerika, wollte Pilot werden. Die Air Force lehnte ihn ab. Brillenträger. Ging nach Kanada, wurde Fluglehrer. Hielt es nicht lange aus. Ließ sich vom militärischen Geheimdienst anwerben, ging zurück nach Deutschland. Heiratete. Kam mit seiner Frau in Arnold Zweigs Häuschen in Berlin unter, in einer Mansarde, hielt es nicht aus in Gegenwart der Eltern, der Enge des Hauses und der Muffigkeit des Landes. Kam zurück nach Amerika, stand mit seiner kleinen, blassen Frau eines Tages vor Feuchtwangers Tür. Sagte, er wolle Schriftsteller werden. Wohnte eine Weile am Paseo Miramar, lieh sich Geld. Versuchte sich an einem Roman, für den sich niemand interessierte. Lieh sich mehr Geld von Feuchtwanger. Half Marta manchmal im Garten. Fand schließlich einen schlecht bezahlten Job als Fahrer für ein Tierheim in Los Angeles. Seine Frau war verbittert. Sie gingen zurück nach Ostberlin. Er arbeitete als Chauffeur und Gärtner seines Vaters. In Amerika hatte er Heimweh nach Deutschland, kaum in Deutschland, sehnte er sich nach Amerika zurück. Stand ein Jahr später wieder vor Feuchtwangers Tür, abgebrannt, deprimiert, ein Häufchen Elend. Seine Frau sagte, Michi müsse etwas erklären, stieß ihn an. Er wurde knallrot im Gesicht, druckste herum. Schließlich gestand er stammelnd, dass ihn seine alten Freunde vom amerikanischen Geheimdienst ausgefragt hätten. Über Lion Feuchtwanger. Michi hatte ihn als Stalinisten denunziert. Schlimmer noch. Bei seinem Vater hatte er in Briefen geschnüffelt, hatte daraus fleißig exzerpiert. Die zuverlässige, glaubwürdige Quelle des FBI. Beichtete, den Tränen nah, damit Feuchtwanger darauf gefasst wäre, was man ihm bei der Einwanderungsbehörde vorhalten würde. Damit er auf seine eigenen Briefe gefasst wäre. Feuchtwanger war fassungslos, verbrachte eine schlaflose Nacht mit der Ungeheuerlichkeit, war aber auch gerührt über Michis Geständnis. Am nächsten Morgen sagte er zu ihm: »Es ist gut. Wir wollen nie wieder darüber sprechen.« Niemand sonst erfuhr davon. Nicht einmal Arnold Zweig. Feuchtwanger lieh Michi noch mehr Geld. Er ging zurück nach Deutschland, ließ sich scheiden, heiratete ein zweites Mal.

Hat nie wieder von sich hören lassen, hat nie seine Schulden bezahlt. Der arme Junge. Was er heute wohl treibt?

Nächste Frage.

Die letzte, die einstweilen letzte Befragung fand nicht im Federal Building statt, sondern in Feuchtwangers Haus. Nach der Prostata-Operation kaum aus der Klinik entlassen, bekam er die Vorladung. Er bat um Aufschub, da er noch zu geschwächt sei. Man sei in seiner Angelegenheit an einer baldigen Lösung interessiert, lautete die Antwort, und komme ihm deshalb gern entgegen. Ob er einer Befragung bei ihm zu Hause zustimme?

Marta riet ab. »Die wollen hier doch nur herumschnüffeln.«

»Was würden sie denn finden außer Büchern?«, sagte er lächelnd mit einem Blick auf Voltaires Werke im Regal. Die vollständige Erstausgabe in siebzig Bänden, ledergebunden, gedruckt von Beaumarchais. Voltaire hatte sich bitter beklagt, dass seine Werke nicht in Frankreich erschienen, sondern verstreut nur in England und in der Schweiz. Kurz vor seinem Tod versprach Beaumarchais ihm, dass er sein Gesamtwerk drucken lassen würde. Voltaire starb in Frieden. Ihm war das Leben seines Werks wichtiger als sein eigenes Leben. Kurz darauf durchsuchten Revolutionstruppen Häuser und Schlösser der Monarchisten nach Waffen, weil eine Konterrevolution befürchtet wurde. Wer Waffen hortete, wurde verhaftet und guillotiniert. Beaumarchais galt als besonders verdächtig, aber als die Soldaten den Keller seines Schlosses durchsuchten, fanden sie nichts als Bücher. Voltaires Werke. Stapelweise. Die Bücher retteten Beaumarchais das Leben. Ein weiterer Beweis dafür, dass das Wort mächtiger als das Schwert war. »Lass sie ruhig kommen«, sagte er. »Für Bücher haben sich solche Leute noch nie interessiert.«

Bevor sie kamen, hängte Marta einige Fotos von der Wand des Arbeitszimmers ab. Charlie Chaplin. Hanns Eisler. Und auch das letzte Foto von Feuchtwanger und Brecht, auf dem sie auf der Terrasse sitzen. Auf der Bank aus Stein. Albert Einstein blieb hängen, Marlene Dietrich, Franz Werfel. Auch Thomas Mann blieb hängen.

Sie kamen zu zweit. Der Vorsitzende mit dem militärischen Kurzhaarschnitt und ein junger Mann, sehr groß, sportlich, braun gebrannt. Statt der kichernden Stenotypistin brachten sie ein tragbares Tonbandgerät mit, richteten am Tisch zwei Mikrofone aus, eins auf Feuchtwanger, eins auf sie selbst. Marta brachte Limonade. Der Sportliche sagte, das sei die beste Limonade, die er je in seinem Leben getrunken hätte.

»Doktor Feuchtwanger«, begann der Vorsitzende, »falls, wie wir alle hoffen, Ihrem Antrag auf Staatsbürgerschaft stattgegeben wird, müssen Sie bei der Einbürgerungszeremonie den Eid auf die amerikanische Verfassung leisten. Die vorschriftsmäßige Eidesformel endet mit den Worten: So wahr mir Gott helfe. Wären Sie bereit, diesen Eid abzulegen?«

»Wieso sollte ich nicht?«

»Meine Frage zielt darauf ab«, der Vorsitzende räusperte sich, »ob Sie an Gott glauben.«

Daher also wehte der Wind. »Gott«, sagte Feuchtwanger bedächtig, »ist ein derart vieldeutiges Wort, dass ich nicht ohne Weiteres einfach Ja sagen kann. An einen personifizierten Gott glaube ich allerdings nicht.«

»Natürlich nicht«, sagte der Sportliche, »wir sind hier ja auch nicht in der Sonntagsschule. Aber glauben Sie an eine theistische Philosophie oder Konzeption Gottes?«

Studierte der junge Mann etwa Theologie? »Ich glaube im Sinne Spinozas an Gott, auch im Sinne Einsteins«, sagte Feuchtwanger. »Dass nämlich im Universum ein Sinn, eine Ordnung existiert. Dass Gott sich in den Dingen manifestiert, nicht außerhalb, dass er im Universum ist, nicht jenseits.«

»Dann glauben Sie also nicht an ein übernatürliches Wesen, wie es beispielsweise im Judentum verehrt wird? Immerhin sind Sie jüdischen Glaubens, und –«

»Es stimmt, dass ich im jüdischen Glauben erzogen worden bin«, unterbrach Feuchtwanger. »Meine Eltern hielten darauf, dass ich die umständlichen, mühevollen Riten rabbinischen Judentums, die auf Schritt und Tritt ins tägliche Leben eingreifen, minutiös befolgte. Die strenge Einhaltung der Speisegesetze und des Sabbats, die täglichen Gebete, den regelmäßigen Besuch der Synagoge. Ich musste auch bei einem Privatlehrer täglich mindestens eine Stunde dem Studium der hebräischen Bibel und des aramäischen Talmuds widmen. Diese Kenntnis des fremdartigen Lebens, das sich in der Bibel und im Talmud entfaltet, hat mich später vieles verstehen lassen, was mir sonst unverständlich geblieben wäre. Zum Beispiel schreibe ich derzeit an einem Roman, in dem es um den Übergang vom Polytheismus zum Monotheismus im frühen Judentum geht. Um die Erfindung Jahwes, wenn Sie so wollen.«

Der Vorsitzende kratzte sich den kurz geschorenen Schädel. »Um die *Erfindung* Jahwes? Wollen Sie damit etwa behaupten, dass Gott nur eine Fantasie ist?«

»Etwas komplizierter ist es schon.« Feuchtwanger lächelte nachsichtig. »In meinem Buch formuliere ich es so: Der wahre Jahwe lebt in den Taten Israels.«

»Um ehrlich zu sein, Doktor«, sagte der Vorsitzende, »das verstehe ich nicht ganz.«

Der Sportliche nippte an Martas Limonade, sagte nichts und schien es ebenfalls nicht zu verstehen.

»Ich will es Ihnen gern erklären, meine Herren.«

Feuchtwanger rieb sich im Geiste die Hände, war in seinem Element. Vielleicht würden sich diese Leute am Ende doch noch für Bücher interessieren, für *seine* Bücher. »Seit zwei Jahrtausenden ist das jüdische Volk nicht durch einen Staat zusammengehalten worden, sondern durch ein Buch, durch die Bibel. Die Treue zu diesem Buch hat das Judentum geprägt durch alle Generationen. So wurde Hochschätzung des Schrifttums, der Literatur, zu einem Teil ihres Wesens. Literarische Tätigkeit galt als die höchste Form der Beschäftigung. Analphabetentum war verpönt. Die Kabbala beruht auf dem Staunen darüber, dass es dem Menschen durch die Schrift gegeben ist, seine Gedanken und Gefühle durch die Zeiten zu bewahren. Die Literatur ist das Gedächtnis der Menschheit, das die Juden mehr als jedes andere Volk gepflegt haben. Abgesehen von den Chinesen sind die Juden das literarischste Volk der Welt. Und so gesehen lebt Jahwe in ihren Taten, nämlich in Wort und Schrift.«

»Gut und schön«, sagte der Vorsitzende nun schon ungeduldiger, »aber würden Sie sich denn als Atheisten bezeichnen?«

»Ich bin Philologe, und als solcher sind mir Begriffe wie Atheismus oder Gott derart vage, dass man gar nicht sagen kann, an dies oder jenes zu glauben.«

»Aber die Eidesformel verlangt doch eindeutig den Glauben an ein höheres Wesen, nicht wahr?«, sagte der Sportliche.

»Nicht unbedingt. In diesem Land bezeichnen sich etwa zehn Prozent der Bevölkerung als Atheisten und nehmen den Eid trotzdem sehr ernst.«

»Ach, Doktor, Sie machen es uns wirklich nicht

leicht.« Der Vorsitzende schüttelte milde tadelnd den Kopf. »Für heute sollten wir es genug sein lassen. Wollen Sie noch etwas anmerken?«

Feuchtwanger überlegte einen Moment. »Ich möchte lediglich noch einmal darauf hinweisen«, sagte er dann, »dass ich mich noch nie, in keiner Weise, politisch betätigt habe, seit ich in diesem Land bin. Und vorher übrigens auch nicht. Ich empfinde mich als Historiker, nicht als Politiker. Was ich zu sagen habe, steht in meinen Büchern. Sie sind meine Politik und mein Glaube.«

»Ich verstehe«, sagte der Vorsitzende ratlos.

Der Sportliche schaltete das Tonband mit einem leise sirrenden Geräusch aus und packte die Mikrofone ein. Man verabschiedete sich voneinander, fast wie alte Bekannte. Die Limonade sei köstlich gewesen.

Während Marta die Fotos wieder an die Wand hängte, überkam Feuchtwanger eine schwere Müdigkeit. Das Bedürfnis, ja, die Verpflichtung, die Welt erklären zu müssen, dieser Drang zerfiel. Er wollte die Welt nicht mehr erklären, weil die Dummheit nie zu besiegen wäre und weil er sich nicht mehr sicher war, ob er die Welt noch verstand. Er machte sich eine Notiz für den *Jefta*-Roman. *Der Schreiber*, schrieb er, *gab es auf, die Geschehnisse zu deuten, und beschränkte sich darauf, sie niederzuschreiben; mochten die Späteren sie gemäß ihrer eigenen Einsicht erklären.*

Einige Wochen später stieß Feuchtwanger in der *Los Angeles Times* auf einen Artikel über die Amtseinführung eines neuen Methodistenpfarrers in Torrance. Das dazugehörende Foto zeigte den fröhlich grinsenden Sportlichen vor einem Kirchenportal.

Es gab keine weiteren Fragen mehr.

— 11 —

Vom Balkonfenster blickt er in die schweren Schatten, die das Haus über den Garten wirft. Weiter unten streicht die Sonne noch zwischen Palmen entlang, schlendert übers gelbe Band des Strandes, doch vom Ozean hebt sich schon Dämmerungsdunst. Auf dem Rasen warten die Schildkröten auf ihr Futter. Auch er ist hungrig, hat er doch den ganzen Tag lang kaum etwas gegessen, und das wenige, was er zu sich genommen hat, erbrechen müssen. Sein Magen knurrt. Auf dem Schreibtisch sucht er zwischen den Briefen, Notizen, Manuskripten nach Martas Zettel. *Abendessen: Grüner Salat, Tomaten, Toast.* Ach nein, danach ist ihm nicht. Er spürt Appetit auf Handfestes, Warmes. Er wird einen Spaziergang zum Strand machen und in dem Fischrestaurant, das sich dort vor einigen Monaten etabliert hat, zu Abend essen. Und vielleicht ein halbes Glas Wein trinken.

Er ordnet die Papiere, legt Zweigs Brief und den Briefentwurf für Helli in die Ablage. Wenn die Sekretärin wieder da ist, wird er alles erledigen. Die Notizen, die er zu *Jefta* gemacht hat, überfliegt er noch einmal und legt sie in die Manuskriptmappe. Als er mit der Handkante Zettel und Blätter glatt streicht, entstehen aus der beiläufigen Bewegung plötzlich noch Worte, zwei Sätze, die festzuhalten sind, bevor er die Mappe für heute schließt. Er greift zum Bleistift und stenografiert. *Jefta nahm die Tafeln in die Hand und befühlte die eingetragenen Schriftzeichen. Das also war es, was übrig blieb von seinen Siegen, Mühen, tödlichen Leiden.*

Durchs Haus weht Abendkühle. Seine nackten Füße sind kalt wie Stein. Er geht ins Schlafzimmer, streift Schuhe und Jackett über, holt einen leichten Pullover aus der Kommode, legt ihn sich über die Schulter. Steckt Brille, Hausschlüssel, Geldbörse ein. Im Frühstücksraum nimmt er die Schüssel mit dem Schildkrötenfutter, tritt auf den Treppenabsatz hinaus, schließt die Tür, geht in den Garten, schüttet das Futter auf den Rasen. Er setzt sich in einen Liegestuhl und beobachtet, wie die Tiere heranktriechen. In ihren Bewegungen paart sich Schwerfälligkeit mit Gelassenheit. So bewegen sich auch Fortschritt und Vernunft, träge, manchmal auf Umwegen, aber zielstrebig. Und manchmal muss auch die Vernunft in Panzern daherkommen.

Er betrachtet das Haus. Er hat es weder entworfen noch bauen lassen, aber er hat es erworben dank seiner Erfolge, dank seinem Werk. Als man ihn damals in Moskau durch die Stadt geführt hatte, ermüdete ihn nach einer Weile der unverhohlene Stolz seiner Gastgeber auf ihre technischen und baulichen Errungenschaften. Stolz sein, dachte er da, kann man doch nur auf die eigene Leistung. Deshalb kann er auf sein Haus stolz sein. Die Frontseite zur Straße hin wirkt unscheinbar wie ein niedriges Häuschen; erst von der Gartenseite aus erkennt man die wahre Dimension und die schlichte Eleganz. Auch das empfindet er als treffendes Sinnbild seiner Existenz, ebenso wie die Lage des Hauses, liegt es doch am äußersten Stadtrand in fast ländlicher Abgeschiedenheit.

So haben sie schon in Berlin gewohnt, am Rand des Grunewalds, bis die Nazis kamen, das Haus konfiszierten und verwüsteten. In Paris hat er dann einen offenen Brief an die neuen Bewohner seines Berliner Hauses publiziert, so sarkastisch wie ohnmächtig. Ob der Teppichbelag bei der Plünderung durch die SA-Leute gelitten habe? Ob man wisse, dass die Dachterrasse für die Morgengymnastik gedacht sei? Was man mit den Räumen anzufangen gedenke, in denen die Bibliothek untergebracht war? Bücher seien im Dritten Reich ja nicht sonderlich beliebt. Und ob man die Schildkröten totgeschlagen habe?

Und so haben sie auch in der Villa Valmer in Sanary gewohnt, abseits, aber gut erreichbar, mit Blick auf die Bucht von Portissol, die Inseln und die blaue Weite, mit Terrasse und Garten, zwischen Pinien und Ölbäumen im weißen, besonnten Haus. Mitten im Geschehen verliert man den Überblick und manchmal das Gewissen. Aus der Distanz, von den Rändern her, kann man besser, gelassener beobachten.

Bevor sie das Haus in Pacific Palisades kauften, hatte der Makler es Thomas Manns Familie angeboten, aber die hatte entsetzt abgelehnt, weil es so heruntergekommen war. Fensterscheiben fehlten, im großen Salon lag eine zwanzig Zentimeter dicke Schmutzschicht, Vögel nisteten im Arbeitszimmer, Fledermäuse im Kamin, Spinnweben waren so dick, dass man sie zerschneiden musste, und der Garten war eine Wildnis. Dennoch gefiel es Marta von Anfang an, weil das Haus zwischen Pinien und Palmen mit seiner Terrasse, mit Garten und Meerblick sie an die Villa Valmer erinnerte. Und als er mit ihr zum ersten Mal an dem bröckelnden Brunnen im Patio saß, wo der Putz von den Wänden platzte, Efeu, Gräser und Wildrosen wucherten, hatte er plötzlich eine Vision, wie dies Haus werden könnte. Diese Vorstellung war so eindringlich, dass er sie später im Roman *Die Jüdin von Toledo* verarbeitete. *Schon sprang die Fontäne wieder, stilles, dunkles Blühen war im Hofe, leises, vielfältiges Leben in den menschenentwöhnten Räumen des Hauses, der Fuß trat dicke Teppiche statt des steinernen, unwirtlichen Bodens, um die Wände liefen Inschriften, hebräische und arabische, Verse des großen Buches und der moslemischen Dichter, und überall rann kühlendes, sänftigendes Wasser und gab den Träumen und Gedanken seinen Fall und Rhythmus.*

Er erwarb das Haus zu einem Spottpreis. Als es schließlich durch Martas unermüdlichen Einsatz so geworden war, wie er es sich ausgemalt hatte, die Inschriften waren die Bücher, die fast jede Wand bedeckten, waren alle eifersüchtig, Familie Thomas Mann voran. Alle außer Brecht. Allein schon die Fahrerei. Und die Ausgangssperre. Kaum sei man am Paseo Miramar angekommen, müsse man wieder aufbrechen, um bei Einbruch der Dunkelheit im eigenen Haus zu sein. Feuchtwanger war das nur recht. So hat er weniger Zeit auf Partys vergeudet und beharrlich Buch um Buch schreiben können. Natürlich hat Brecht auch der feudale Charakter missfallen, obwohl er einmal zugab, das Haus nicht protzig zu finden. Aber für schlichte Eleganz hat er nie einen Sinn gehabt, außer in seinen Gedichten. Was um alles in der Welt, moserte er, wollten Feuchtwangers in dieser Einöde ohne Theater, Kinos, Ärzte, Läden? Was wollte ein Paar ohne Kinder mit einem derart riesigen Domizil? Auch diese Einreden Brechts sind Feuchtwanger wieder eingefallen, als er an der *Jüdin von Toledo* saß, und so fragt der spanische König den jüdischen Kaufmann Jehuda, ob er eine so zahlreiche Familie habe, dass er ein derart großes Haus benötige? *Ich habe,* sagt da Jehuda, *gern Freunde um mich, mit ihnen des Rates und des Gespräches zu pflegen. Auch gibt es viele, die meine Hilfe anrufen, und es ist wohlgefällig in den Augen Gottes, Schutzbedürftigen die Zuflucht nicht zu versagen.*

Ja, Zufluchtsort für viele, Salon und Arbeitsstätte am äußersten Rand der westlichen Welt ist das Haus geworden. Mehrere Gästebücher sind mit Namen, Daten, Versen, Danksagungen, Zeichnungen prall gefüllt. Aber langsam, schleichend, ist es stiller geworden, das Haus leerer, kälter. Vielleicht ist es erst jetzt zu groß für Marta und ihn, jetzt, da niemand außer Gescheiterten wie Michi Zweig mehr Zuflucht sucht? Die Freunde und Gefährten des Exils sind längst nach Europa zurückgekehrt. Brecht, Eisler, Chaplin. Thomas Mann. Döblin. Oder gestorben. Heinrich Mann, Franz Werfel. Begraben unter Palmen. Und Brecht. Staatsbegräbnis im Sand von Berlin.

Aber immer noch ist das Haus eine Zuflucht, eine

Arche für Bücher. Wenn die neuen Auktionskataloge kommen, vergisst er alles um sich herum, sogar seine Arbeit, gerät in eine Art Rausch. Früher hat ihn seine Spielleidenschaft mehrfach an den Rand des Ruins getrieben, während seine Münchner Bibliothek nur aus einem einzigen Reclambändchen bestand. Das ist zwar nur eine Sottise Heinrich Manns gewesen, aber zum manischen Büchersammler ist Feuchtwanger erst in Berlin geworden. Die SA hat das Haus geplündert, die Bibliothek vernichtet, in alle Winde verstreut. In Sanary hat er sich die zweite Bibliothek zusammengekauft, noch schönere, ältere, seltenere, kostbarere Bände. Sobald Honorare eingingen, flossen hohe Summen in die Antiquariate. Büchersendungen kamen aus aller Welt. Aber dann kamen die Rollkommandos der SS ins besetzte Frankreich, verjagten ihn, und er musste die Bibliothek in Sanary zurücklassen. Immerhin, ein Teil, in Kisten verpackt, ist gerettet worden und hat ihn Jahre später in Pacific Palisades erreicht. Zur Feier des Tages hat er damals ein ganzes Glas Wein getrunken. Und immer noch kommen Bücherpakete aus aller Welt. Manchmal sind Bücher dabei, die er bereits in Berlin oder Sanary besessen hat. Er kauft sie ein zweites Mal, holt die verlorenen Söhne nach Hause zurück, streicht liebevoll, wie ein Vater, über Einband und Rücken, stellt die endlich Geretteten zu ihren Geschwistern ins Regal, atmet tief den Duft des Sattelöls ein, mit dem die Ledereinbände gepflegt werden. Es ist eine Sucht, gewiss, aber ist es nicht auch die Rettung des Menschheitsgedächtnisses? All die verwaisten Bände, die heimatlos durch die Welt treiben. Wer, wenn nicht er, soll sie retten, ihnen

Zuflucht und Asyl gewähren? Er muss es einfach tun. Bücher aus Zeiten, in denen sie noch etwas Liturgisches, fast Heiliges waren wie ein Tabernakel oder die Bundeslade. Die erste und einzige Folioausgabe von Shakespeares *Sturm*. Der Sophoklesband aus Michelangelos Besitz, mit handschriftlichen Notizen des Meisters. Der Rousseau aus Benjamin Franklins Bibliothek. Die Nürnberger Weltchronik von 1454. Eine Handschrift Papst Innozenz' III. über Flavius Josephus. Die Erstausgabe Spinozas. Die als Lederfolianten gebundene Sammlung von Zeitungen aus der Französischen Revolution. Eine hebräische Schriftrolle des Buchs Esther. Da kann er nicht widerstehen, kann einfach nicht Nein sagen. Doch, einmal hat er Nein gesagt, als ein G.I., der in Deutschland stationiert war, ihm eine Gutenbergbibel angeboten hat, ein Schnäppchen, wie es einem Sammler nur einmal im Leben vorkommt. Er hat lange gezögert, hätte den Band am liebsten an sich gerissen wie Nelly Mann die erlösende Flasche, hat aber widerstanden und abgelehnt, weil es mit Sicherheit Beutegut war, aus einer Klosterbibliothek oder einem zerbombten Museum entwendet.

Nie aber hat er Nein gesagt, wenn er um Hilfe für mittellose Emigranten angegangen wurde, um Spenden für die Erfolglosen, Gestrandeten, Verzweifelten. Hat, ohne viel Aufhebens zu machen, große Summen an den European Film Fund gegeben, der die Gelder verteilte. Heinrich Mann zum Beispiel wäre ohne diese Zuwendungen verhungert. Und die versoffene Nelly hat Marta zum Dank als Judenschlampe beschimpft. Als eins der Kinder von Arnold Schönberg eine lebensnotwendige

Operation brauchte, die Schönberg nicht bezahlen konnte, haben Eisler und Feuchtwanger Geld gegeben, auf höchst diskrete Weise, sodass Schönberg nicht erfuhr, woher es kam. Und Schönberg? Hat Feuchtwanger beim FBI als Stalinisten bezeichnet. Michi Zweig hat er durchgefüttert, nur um dann auch von Michi aufs Übelste denunziert zu werden. Und natürlich Brecht. Der Freund, vielleicht der einzige wirkliche Freund seines Lebens, hätte ohne Feuchtwangers Unterstützung im Exil keine Stücke und Gedichte geschrieben, sondern hätte Steine klopfen oder als Hausierer von Tür zu Tür trotten müssen. 25 000 Dollar für *Simone,* für einen Anteil an einem Roman, zu dem Brecht keine Zeile beigetragen hat. Kein Pappenstiel. Brecht hat sich einmal auch selbst bedient, dreist und klug, wie er war. Als er über Finnland in die Sowjetunion floh, um über Wladiwostok in die USA zu gelangen, saß er in Moskau fest, weil er kein Geld für die Weiterreise mehr hatte. Und was tat er? Marschierte einfach zu den Verlagsleuten, die Feuchtwangers Rechte und Tantiemen verwalteten, und ließ sich von dessen beträchtlichem Guthaben auszahlen, was er brauchte. In Los Angeles angekommen, hat er das Feuchtwanger gleich gebeichtet. »Zahlen Sie's mir zurück, wann immer Sie können«, hat Feuchtwanger gesagt. Brecht konnte nie. Vielleicht hat er es auch einfach vergessen?

Er erhebt sich vom Liegestuhl, geht ums Haus herum auf die Straße, eine Schotterpiste mit unzähligen Schlaglöchern, durchzogen von Furchen, die das abfließende Wasser des Winterregens gegraben hat. Jetzt ist der Boden trocken und staubig, aber die Luft ist klar und mild. Über den waldigen Gipfeln des Topanga State Parks kreisen Habichte. Von unten blinkt der Spiegel des Ozeans, goldglänzend im satten Licht. Das Gehen tut ihm gut, lockert die Glieder. Er schlendert bergab wie einer, der alle Ziele kennt und längst weiß, dass Eile nicht lohnt.

An der Einmündung auf den Sunset Boulevard steht ein Lastwagen der Stadtverwaltung. Vor nicht langer Zeit hat dort oft ein schwarzer Buick geparkt, in dem ein FBI-Mann saß und die Nummernschilder der Autos notierte, die zu Feuchtwangers hinaufgefahren sind. Es war immer der gleiche FBI-Mann. Irgendwann hat Feuchtwanger angefangen, ihn mit einem freundlichen Kopfnicken zu grüßen. Anfangs hat der Mann indigniert, wie ertappt, zur Seite geblickt, aber nach dem zweiten oder dritten Mal hat er zurückgegrüßt, indem er lässig gegen die Hutkrempe tippte. Man kennt sich, man hat keine Geheimnisse voreinander, man beantwortet alle Fragen nach bestem Wissen und Gewissen.

Vor dem Lastwagen stehen zwei Arbeiter in roten Overalls, rauchen Zigaretten. Mexikaner wohl. Feuchtwanger grüßt sie auf Spanisch. Ob sie noch keinen Feierabend hätten? Doch, doch, die Arbeit sei getan. Einer der beiden deutet auf einen Holzpfosten, den sie am Straßenrand aufgerichtet haben. Zwei Blechschilder sind daran befestigt, ein größeres mit der Aufschrift *Sunset*, ein kleineres mit der Aufschrift *Paseo Miramar*.

»Ah, der Fortschritt«, sagt Feuchtwanger lächelnd, wünscht einen guten Abend und schlendert weiter zum Strand. Mit der ländlichen Abgeschiedenheit am Stadtrand wird es wohl bald vorbei sein. In der Gegend werden jetzt überall Grundstücke erschlossen, und die Preise steigen. Sein Haus dürfte bereits das Zehnfache dessen wert sein, was er vor 13 Jahren dafür bezahlt hat, wenn nicht noch mehr. Er nickt zufrieden vor sich hin. Hätte sein Vater das noch erlebt, wäre er vielleicht stolz auf ihn. Auf dem Pacific Coast Highway, über den vor einigen Jahren noch so wenige Autos fuhren, dass man kaum warten musste, um die Fahrbahn zu überqueren, herrscht jetzt beständiger Verkehr.

Auch das Fischrestaurant *Gladstone's of Malibu* ist neu. Eine adrette Kellnerin begrüßt ihn strahlend am Eingang zur Terrasse. Eine Person? Draußen oder drinnen? Er nimmt auf der Terrasse Platz, bestellt einen *Caesar's Salad,* eine Terrine *Manhattan Clam Chowder* und ein Glas kalifornischen Chablis. Alma Mahler-Werfel hat gern spitze Bemerkungen über die Qualität kalifornischer Weine gestreut; sie seien breit und fad wie das ganze Land. Ihm gefällt das Land, ihm schmeckt der Wein, und er isst mit Appetit. Der *Chowder* ist vorzüglich. Sein Vater würde sich im Grab umdrehen. Unkoscher.

Die Seebrise frischt auf. Er zieht sich den Pullover an. Letzte Strandbesucher raffen fröstelnd ihre Sachen zusammen, gebräunte, muskulöse Burschen mit ihren Surfbrettern, unfassbar schöne Mädchen in zweiteiligen Badeanzügen, sogenannten Bikinis, die jetzt in Mode sind. Sie wischen sich Salz aus den Gesichtern, schlendern zu ihren Autos, die am Straßenrand stehen, streifen den Sand von den Füßen und machen sich auf den Heimweg. Werden sich streicheln und streiten, lieben und hassen. Von irgendwo in den Hügeln schrillt die Sirene eines Polizeiwagens. Es klingt nicht bedrohlich, eher beruhigend. Alles in Ordnung hier, alles in bester Ordnung. Es hätten Zikaden sein können. Oder ein Posthorn aus romantischen Tagen, in lauschiger Sommernacht, ein Signal aus dem versunkenen, unerreichbaren Land jenseits des anderen Ozeans. Der Dunst überm Wasser wird dichter, verschleiert die rot sinkende Sonne überm Kap von Malibu. Der Horizont verdunstet hinterm grauen Vorhang der Dämmerung. Pelikane jagen übers Wasser, stechen im Sturzflug hinein, tauchen wieder auf, steigen, schweben, lassen sich fallen. Der Klang eines Saxofons weht vom Strand herüber. Er reckt den Kopf über die Holzbrüstung der Terrasse. Draußen, am Ende der Steinmole, sitzt ein Schwarzer und bläst eine elegische Melodie übers Meer. Ein synkopierter Trauermarsch. Für Brecht. Himmel, Meer und Strand, das halb getrunkene Glas Wein, der Salzgeruch der Luft, der Klang des Saxofons, die sinkende Sonne – all das müsste Eingang finden in den Brief an Helli, aber all das berührt ihn so tief, geht ihm so nahe, dass er diese Rührung und Trauer nicht einmal mehr in Worte fassen will. Oder nur noch eine einzige Zeile, ein letztes Wort, das wie ein Atom von innen strahlt? Dichtung, denkt er plötzlich, ist mehr als Worte. Vielleicht wird man erst wirklich zum Dichter, wenn man vor der Welt verstummt?

Weiter im Süden ragt der Santa Monica Pier ins Meer. Erste bunte Lichter der Karussells, Souvenirläden und Restaurants zucken übers dunkler werdende Wasser, flirrende Bahnen im leichten Wellengang. Dahinter beginnt Venice Beach, wo Thomas Mann so gern seine Spaziergänge gemacht hat, um den sportlichen jungen

Männern bei ihrer Leibesertüchtigung entsagungsvoll zuzuschauen. Sein Magen rumort im Rhythmus der Wellen. Leichter Schmerz. Vielleicht war der *Chowder* des Guten zu viel? Er streicht sich mit der Hand über den Bauch, verzieht das Gesicht.

Die Kellnerin tritt an den Tisch. Ob er noch Wünsche habe? Ein Dessert? Er sieht sie an, als habe er sie nicht verstanden, schüttelt müde den Kopf, verlangt die Rechnung. Ihr verbindliches Lächeln gefriert, abrupt, erschrocken fast wendet sie sich ab, als hätte sie etwas auf seinem verzerrten Gesicht gelesen, auf seinem Schildkrötengesicht, das heute Morgen im Spiegel kindlich und steinalt zugleich gewesen ist. Als ob sich in seinen Augen, die ins künstliche Licht des Piers starren, die Erinnerung an etwas Entsetzliches spiegele. Als habe er in seinem Leben zu viel Grauenhaftes gesehen und könne es nie vergessen. Die Welt. Die Menschen. Die Kellnerin kommt zurück, ihr Lächeln ist wieder erblüht. Sie weicht seinem Blick nicht aus. In seinem Gesicht liest sie nur noch die milde Freundlichkeit eines alten Manns. Er zahlt, hinterlässt ein fürstliches Trinkgeld. Soll man denn nicht, denkt er, die Freundlichkeit, die man gegenüber Verstorbenen empfunden hat, auf Lebende übertragen? Damit verdankt man denen, die gegangen sind, noch gute Handlungen. So gesehen ist Brecht an diesem Trinkgeld beteiligt.

Zurück über den Highway, aufwärts zur Ecke mit dem neuen Schild. *Sunset*. Die Mexikaner sind verschwunden. Kein FBI-Agent tippt mehr an die Hutkrempe. Es lohnt sich nicht. Sie wissen, was sie wissen wollen. Sein Antrag auf Einbürgerung vergilbt vermutlich in grauen Akten.

Aber sie werden wiederkommen mit einer vorletzten, einer letzten, einer allerletzten Frage. Wie gut kannten Sie den Kommunisten Brecht? Ach, sieh an, Ihr bester, Ihr einziger Freund? War Ihnen gegenüber stets ehrlich? Und Sie? Waren Sie ihm gegenüber stets ehrlich? Diese Leute kommen immer wieder, nicht nur hier, am westlichsten aller Strände, sondern überall auf der Welt. Die heilige, die ewige Inquisition. Sie werden ihn überleben, so wie sie Brecht und all die anderen überlebt haben. Und werden stets jovial an ihre Hutkrempen tippen.

Der Paseo Miramar windet sich bergauf, staubig, steiler als je zuvor. Der Anstieg fällt ihm schwer. Sein Magen schmerzt, und auch das Leibstechen bricht wieder auf. Früher hat er den Berg im Dauerlauf genommen, sich in die Brandung geworfen, ist geschwommen und im Dauerlauf wieder bergauf. Früher, ja. Vorbei. Schritt für Schritt. Er wird sich einen Spazierstock zulegen müssen. Ein schwerer Trott. Sein Vater hat einen Spazierstock gehabt.

Sein Vater ging immer voran. Bei An- und Abstiegen stützte er sich auf den Spazierstock, bei ebenen Strecken wirbelte er ihn am Handgelenk durch die Luft oder wies wie mit einem Zeigestock auf Sehenswürdigkeiten, damit sie ja niemandem entgingen. Dem Vater folgten die Kinder. Martin, Bella, Martha, Maedi, Fritz, Berthold, Franziska, Henny. Und Lion. Neun Kinder. Die Mutter und zwei Kindermädchen bildeten die Nachhut des Wanderzugs, damit niemand aus der Reihe tanzte oder gar verloren ging. An jenem Frühlingstag näherten sie sich bereits der Hütte, in der sie übernachten würden.

Sie waren auf einem steilen Pfad vom Berg abgestiegen und marschierten bei Einbruch der Dämmerung durch eine Talsenke, durch die sich ein Bach schlängelte. Wegen der Schneeschmelze trat er über die Ufer, überschwemmte die Wiesen und verwandelte das sumpfige Gelände an manchen Stellen in tiefen Morast. Der Alte stocherte mit dem Spazierstock vor sich hin, um einen trittsicheren Pfad zu finden. Die Familie folgte im Gänsemarsch. Lion stolperte über irgendetwas, einen Ast vielleicht oder einen Stein. Oder hatte Ludwig, der hinter ihm ging, ihm ein Bein gestellt? Lion stolperte, machte, um nicht zu fallen, zwei, drei Schritte zur Seite, geriet bis zu den Waden in den Morast, warf sich vorwärts, sank tiefer ein, bis zu den Knien fast, bückte sich, um sich mit den Händen abzustützen, sank bis zu den Ellbogen in schmutziggrünen, stinkenden, schmatzenden Moder. Er bat um Hilfe. Die Geschwisterschar zog an ihm vorbei, kichernd, feixend. Franziska streckte ihm die Zunge heraus. Geschah ihm ganz recht, dem Lion, dem Neunmalklugen, dem Besserwisser. Er schrie um Hilfe. Sie lachten. Sein Vater lachte am lautesten, deutete mit dem Stock auf den Sohn. »Ach, der Lion!« Der Älteste, aber der Kleinste. Erbärmliche Sehenswürdigkeit. Seine Mutter verzog nur das Gesicht. Die Kindermädchen zuckten mit den Schultern. Auf allen vieren, den schweren Rucksack auf dem Rücken, kroch er wie eine Schildkröte zurück auf festeren Grund, schlammbedeckt, stinkend. Ich werde es euch zeigen, dachte er, den Tränen nah. Ich werde es euch allen beweisen. Aber er hat nicht geweint.

Der Sumpf ist ein Schock fürs Leben gewesen, ein Schock, der ihm zu einer Lehre fürs Leben geworden ist. Hilf dir selbst, dann hilft dir Gott. Und wenn du keinen Gott hast, schaffe dir einen, schreibe ihn dir nach deinem Bild. Jefta und seine Tochter erwarten ihn. Er weiß jetzt, welches Motto er dem Roman voranstellen wird – den Satz Spinozas, der ihn begleitet hat, seit er ihn zum ersten Mal las: *Ich habe mich redlich bemüht, die Handlungen der Menschen nicht zu verlachen, nicht zu beklagen, nicht zu verabscheuen; ich habe versucht, sie zu begreifen.* Der Satz ist ihm zu einer Stimmgabel des eigenen Lebens geworden.

Das eigene Leben? Sein Körper hat sich entwickelt, ist gereift, nun verfällt er. Er ist um die halbe Welt gereist, wenn auch unfreiwillig, war glücklich und unglücklich, war gesund und krank. Hat Erfolge und Misserfolge erlebt, doch kein Erfolg schmeckt so süß, dass er die Bitterkeit von Niederlagen vergessen macht. Hat also gelebt. Aber was ist es gewesen? Doch nicht nur Wachstum und Verfall von Zellen, nicht nur Verzweiflung und Verzückung. Der Sinn der Jahre? Entwicklung? Sehr vages Wort. Der Vernunft zum Sieg über die Dummheit verhelfen? Allzu pathetische Worte. Streben nach Glück, wie es die amerikanische Verfassung verspricht? Gewiss, es ist all das. Aber am Ende ist es vielleicht nur dies: Leben. Da sein.

Der vom Meer aufsteigende Nebel folgt ihm. Als er schwer atmend das Haus erreicht, tasten erste Schwaden schon durch die Büsche am Rand des Gartens. Eine lautlose Bewegung. So müsste man schreiben, still, kühl, absichtslos.

— 12 —

Hier oben ist es noch wärmer als unten im Seewind. Er setzt sich auf die steinerne Bank auf der Terrasse, schaut in den steigenden Nebel.

An einem nebligen Morgen im Oktober 1947, nebliger noch als der heutige Tag, war Brecht gekommen, um sich zu verabschieden. Feuchtwanger wusste, dass er am nächsten Tag nach Washington reisen musste, um vor McCarthys Inquisitionstribunal auszusagen. Er spürte, dass Brecht Angst hatte, dass seine Gelassenheit nur gespielt war, obwohl man ihm als Ausländer nicht viel anhaben konnte. Das Schlimmste, was ihm drohte, war die Ausweisung aus einem Land, das er hasste. Feuchtwanger wusste aber nicht, dass Brecht sein Flugticket nach Paris schon in der Tasche hatte, und das verschwieg der auch.

Marta machte er ein höchst merkwürdiges Abschiedsgeschenk, eine schwarze, ovale Brosche mit der goldenen Intarsie einer Lilie. Das Stück war seit 200 Jahren im Besitz seiner Familie und gehörte jetzt eigentlich seiner Frau Helene, Helli. Brecht hatte sie überredet, sich davon zu trennen, damit er es Marta geben konnte. Was Helene sich wohl dabei gedacht haben mochte? Und als Brecht Marta dann die Brosche überreichte, lag in dieser Geste die Gewissheit, sich für immer von einer Frau zu verabschieden, die für ihn eine unerfüllte Begierde geblieben war und bleiben würde. Und in diesem Moment wusste auch Feuchtwanger, dass er und Brecht sich nie wiedersehen würden und alles Reden und Planen von Europareisen, alle Rückkehrfantasien in den Wind, in den Nebel gesprochene Illusionen waren. Brechts Frau war gar nicht mitgekommen zu dieser seltsamen Abschiedsszene. Helene hatte die praktischen Dinge zu regeln, die Realitäten des Lebens, und würde erst später per Schiff nach Europa kommen.

Aber mitgebracht hatte Brecht die Ruth Berlau, seine sehr anhängliche Mitarbeiterin und Nebenfrau. Feuchtwanger empfand ihre Anwesenheit als störend, befremdlich; sie verhinderte, dass man herzlich, offen und frei miteinander sprach. Mag sein, dass die Berlau eben deshalb mitgebracht worden war, um jeden Anflug von Sentimentalität im Keim zu ersticken.

Zu zweit saßen sie auf der steinernen Bank auf der Terrasse unter dem Eukalyptusbaum, auf der gleichen Bank, auf der er jetzt sitzt. Er weiß noch genau, wortwörtlich beinah, worüber sie damals gesprochen haben. Amerika, sagte Brecht, habe ihn nicht enttäuscht, weil man nur von etwas enttäuscht sein könne, von dem man falsche Erwartungen habe. Wenn man etwas erhoffe, was man nicht bekomme. Aber das war nicht ehrlich gewesen von Brecht, oder zumindest war es das Pfeifen im dunklen Walde. Seine Vorstellungen von Amerika waren romantisch gewesen, kindisch fast, seine Hoffnungen auf Hollywood waren gewaltig. Er glaubte, dem Autor der *Dreigroschenoper* würde man hier zu Füßen liegen, aber von diesem Autor hatte man hier noch nie etwas gehört. Irgendwie zerschlug ihm die amerikanische Wirklichkeit sein Werk, nahm ihm seine Möglichkeiten aus der Hand, ganz legal, ganz ohne Gewalt. Denn die Chance, die der Marxismus vielleicht in Europa gehabt haben mochte, entfiel hier einfach. Die sensationelle Enthüllung der Geschäfte und Machenschaften des bürgerlichen Staats hatte dem Marxismus einen Aufklärungseffekt gegeben, der hier unmöglich und, schlimmer noch für Brecht, unsinnig war. Hier traf man auf einen vom Bürgertum eingerichteten Staat, eine, trotz alledem, gut funktionierende Demokratie, die sich natürlich keinen Augenblick schämte, bürgerlich zu sein. Das Parlament war mehr oder minder und reichlich schamlos eine Agentur des Marktes, des Geschäftslebens, und handelte und sprach als solche. Mit Korruption hatte das nichts zu tun, da kaum eine Illusion darüber bestand. Verkaufen war eine bürgerliche Tugend der Vereinigten Staaten von Amerika, Kaufen war Bürgerpflicht und Freizeitspaß. Alles war käuflich, auch Künstler, und Kunstwerke wurden konsumiert. Der Verkauf von Meinungen ließ sich hier nicht enthüllen, weil er nackt umherlief. Wenn Brecht und Eisler damals im Deutschland der Zwanzigerjahre vom Gebrauchswert der Kunst geschwärmt hatten, konnten sie nicht ahnen, dass er in Amerika längst durchgesetzt war, im Kino, in der Werbung, eigentlich überall. Und so hatte Amerika Brecht etwas geraubt. Diese Demokratie, die groß, gesund und stark war trotz McCarthy und sich irgendwann von solchen Exzessen befreien würde, hatte Brechts Gesellschaftskritik stumpf gemacht und damit seine gesamte Kunst unbrauchbar, abgesehen vielleicht von seinen Gedichten, die so zart und flüsternd sein konnten, aber auch so herrisch, unduldsam und animalisch, beleidigt und fordernd zugleich. Aber wer las die noch? Wer kaufte Lyrik? Wen verlangte in Amerika nach deutschen Gedichten? Und das hatte Brecht verbittert, auch wenn er es nicht zugeben wollte, nicht zugeben konnte aus Selbsterhaltungstrieb. Hätte Hollywood ihm eine Karriere geboten, worauf er insgeheim gehofft hatte, wäre er vielleicht geblieben und hätte gepfiffen auf den real existierenden Sozialismus, der ihm zwar ein eigenes Theater schenkte, sich aber als völlig irreal erwies, als grau und steinern wie diese Bank. Und die große Geste in der Inszenierung des eigenen Lebens, der Starkult Hollywoods, den Brecht offiziell verachtete, war ihm doch sehr nah, viel näher als dem ungleich berühmteren, ungleich erfolgreicheren, ungleich beliebteren, unaussprechlichen Feuchtwanger. Und nicht zuletzt deshalb hatte Brecht damals Ruth Berlau mitgebracht.

Als nämlich kurz vor Mittag endlich die Sonne durch die Nebelbänke brach, sagte die Berlau ganz unvermittelt: »Das ist jetzt der richtige Moment. Sehr gutes Licht.« Sie hob die Kamera. »Bleiben Sie so«, sagte sie ziemlich geschäftsmäßig, »reden Sie einfach weiter, Herr Doktor.«

Und dann schoss sie eine Fotoserie von Feuchtwanger und Brecht, sitzend auf der steinernen Bank, mit den Rücken zur Hauswand, die Blicke halb aufeinander geheftet, halb Richtung Ozean. Bis Brecht unduldsam sagte, nun sei es genug.

Brechts letzter Besuch bei Feuchtwanger – so und ähnlich stand es dann unter den Abdrucken, die seither in zahlreichen Zeitungen vieler Länder erschienen waren. Die Szene hatte Brecht inszeniert. Und er hatte sie auch goutiert. Vielleicht war es ja so, dass angesichts einer Kamera unser Ich sich plötzlich auflöst und wir reflexartig unsere Rollen spielen – es fehlen nur noch Perücke und Schminke. Das Leben wird zur Bühne. Aus Schriftstellern werden Schriftstellerdarsteller. Das war bei allen so. Auch bei Feuchtwanger. Nur Dilettanten und schlechte Schauspieler würden es abstreiten. Als Rollen beherrschen wir unsere Texte, mit denen wir die Welt beeindrucken wollen. Doch diese Rollen sind nicht unsere Wahrheit. Auch wenn Brecht es nie zugestanden hätte – er hatte viel gelernt in Hollywood. Aber Hollywood wollte von ihm nichts wissen oder gar lernen und hatte ihm kaum ein einziges Wort abgekauft.

Und dann standen sie von der Bank auf und gingen schweigend, so langsam wie möglich, Schritt für Schritt, durch den Patio und über die Treppe auf die Straße, wo Brechts Wagen stand. Sie schüttelten sich die Hände, umarmten sich aber nicht. Sie haben sich nie im Leben umarmt. Sie haben sich immer gesiezt.

»Doktor«, sagte Brecht, »ich weiß gar nicht …« Ausgerechnet Brecht fehlten die Worte, bis er hastig sagte: »Ich danke Ihnen für alles, Doktor.«

Marta küsste er auf beide Wangen.

Brecht und Berlau stiegen in den Wagen. »Kommen Sie bald nach!«, rief Brecht durch die heruntergekurbelte Seitenscheibe. »Sie kommen doch bald nach, nicht wahr?«

In diesem Moment wusste Feuchtwanger, dass Brecht sein Flugticket bereits in der Tasche hatte.

Vorbei. Hätte Brecht damals in den Rückspiegel geschaut, hätte er gesehen, wie Lion und Marta ihm nachwinkten, Marta mit einem blauen Tuch, er mit der Hand. Die Gegenwart gleicht der verwischten Landschaft, die während einer Autofahrt an den Seitenfenstern vorbeihuscht. Im Rückspiegel erst sieht man, wie die Landschaft sich zu einem klaren Bild fügt. Diese Landschaft im Spiegel, die in jedem Augenblick neu entsteht und von der wir uns ununterbrochen entfernen, ist die Vergangenheit. Gegenwart ist immer verwirrend, vage und vieldeutig. Sie bestimmt unser Leben, lässt sich selbst aber nur als vergangene erfassen und verstehen. Gegenwart ist nichts als der flüchtige Augenblick zwischen Erwartung und Erinnerung, Hoffnung und Vergehen. Alles, was als Geschehen ins Bewusstsein tritt, ist bereits Vergangenheit. Die Gegenwart ist wortlos, die Wirklichkeit ist wortlos.

Wenn man das endlich akzeptiert, werden Wünsche sehr schlicht, vielleicht sogar trivial. Man will dann nur noch auf einer Bank sitzen und in den Garten schauen, der vom Nebel verschlungen wird. Etwas in ihm streikt. Er hat keinen Ehrgeiz mehr, sich ans Fließband der Literatur zu stellen, will nur noch schreiben wie das lautlose

Atmen des Nebels, nur noch in Augenblicken, in denen das Leben sich verrät.

Im verbliebenen Licht zieht er Notizbuch und Stift aus der Tasche. Kritzelt mit zitternder Hand. *Der Mann Jefta ist nicht mehr da. Der Hauch ist verweht, das Leben ist verweht, kein Öl, Wein und Gewürz kann es neu in ihn einströmen lassen. Es ist nicht der Mann Jefta, es ist der Ruhm des Jefta, der hier auf dem steinernen Stuhle sitzt.*

Aus der offen stehenden Tür des Salons weht Geruch nach Papier und Staub. Von Osten sickert die Tinte der Nacht durch den Nebel.

— Note —

Lion Feuchtwanger starb am 21. Dezember 1958 an Magenkrebs im Mount Sinai Hospital in Los Angeles.

Einen Tag später erhielt Marta Feuchtwanger einen Anruf der Einwanderungsbehörde, dass man nunmehr ihrem Antrag auf die amerikanische Staatsbürgerschaft entsprechen wolle. Vor der Vereidigungszeremonie wurde sie erneut befragt, ob sie Sympathien für den Kommunismus habe. Obwohl sie mit »Ja« antwortete, verlieh man ihr die Staatsbürgerschaft.

Lion Feuchtwanger wurde auf dem Friedhof Woodlawn in Santa Monica unter Palmen beigesetzt.

Marta Feuchtwanger starb am 25. Oktober 1987 und wurde neben ihrem Mann beigesetzt.

— Quellen —

Sunset ist ein Werk der Fiktion, orientiert sich jedoch weitgehend an Tatsachen aus Lion Feuchtwangers Leben. Die mündlichen oder schriftlichen Äußerungen, die in diesem Roman Lion Feuchtwanger, Bert Brecht, Arnold Zweig und anderen realen Figuren zugeschrieben werden, sind teils authentisch, teils fiktiv, teils eine Mischung aus beidem.

Die (kursiv gesetzten) Zitate stammen aus Lion Feuchtwangers Dramen *Thomas Wendt* und *Warren Hastings,* sowie den Romanen *Jefta und seine Tochter* und *Die Jüdin von Toledo.*

Abgesehen von seinem Erlebnisbericht *Der Teufel in Frankreich* gibt es von Feuchtwanger nur wenige unmittelbar autobiografische Texte; die wichtigsten finden sich im Sammelband *Centum Opuscula.* Feuchtwangers in Kurzschrift verfasstes, intimes *Tagebuch* der Jahre 1906 bis 1940 liegt als ungedrucktes Manuskript in der Feuchtwanger Memorial Library der University of Southern California.

Vom Aktenmaterial, das die amerikanische Einwanderungsbehörde INS (File No. 100-5143) und das FBI (File No. 100-6133) über Feuchtwanger anlegten, sind knapp 1000 Seiten freigegeben und einsehbar. Das Material ist zwar in wesentlichen Teilen eingeschwärzt, liefert aber dennoch Aufschluss über die Überwachungs- und Verhörpraktiken der US-Behörden während des Kalten Kriegs.

Von Feuchtwangers vielfältiger Korrespondenz ist nur der Briefwechsel mit Arnold Zweig vollständig erschlossen und publiziert.

Unter dem umfangreichen akademischen und biografischen Schrifttum zu Feuchtwanger war Volker Skierkas Biografie *Lion Feuchtwanger* wegen des vorzüglichen Bildmaterials besonders hilfreich.

Details der Zusammenarbeit Feuchtwangers mit Brecht im amerikanischen Exil finden sich unter anderem in Bertolt Brechts *Arbeitsjournal* sowie in Hans Bunges *Fragen Sie mehr über Brecht* (Gespräche mit Hanns Eisler).

Marta Feuchtwanger hat unter dem Titel *Nur eine Frau* 1983 ihre Memoiren publiziert. Aufschlussreicher ist jedoch das voluminöse Interview, das Lawrence M. Weschler mit Marta Feuchtwanger geführt hat: *An Emigree Life – Munich, Berlin, Sanary, Pacific Palisades.* Typoskript in 4 Bänden. Los Angeles 1976.

— *Dank* —

Mein Dank gilt der Villa Aurora für ein Aufenthaltsstipendium und den Mitarbeitern der Villa Aurora in Berlin und Los Angeles für ihre freundliche Unterstützung sowie Matthias Bischoff, Ralph Gätke (Bibliothek der Carl-von-Ossietzky-Universität, Oldenburg), Jamie Gifford-Modick, Michaela Ullmann (Feuchtwanger Memorial Library, University of Southern California) und *last but not least* David Wagner.

K.M.